»Wie komme ich hier raus?« ist ein Buch über das Aufwachsen in der Provinz. Kolja Mensing erzählt vom aufgeräumten Leben in der Einfamilienhaus-Siedlung, von Flatrate-Partys im Dorfgemeinschaftshaus und tristen Nachmittagen in der Fußgängerzone, zwischen Jeans Shop, Sonnenstudio und Fielmann. Viele Wege führen aus dieser Welt heraus: Autobahnen, Eisenbahnschienen oder ein Flug mit der Billig-Airline. Doch am Ende landet man auch in Berlin, New York oder Tokyo immer wieder dort, wo man hergekommen ist: »Einst ging man in die Stadt, um der Provinz zu entkommen. Aber wohin soll man gehen, wenn überall Provinz ist?« Dies ist eine komplett überarbeitete Neuausgabe des 2003 erstmals erschienenen Buches.

Kolja Mensing wurde 1971 in Oldenburg geboren. Er lebt in Berlin und arbeitet als freier Literaturkritiker für FAZ, taz, Tagesspiegel und Deutschlandradio Kultur. Zusammen mit Florian Thalhofer hat er die interaktiven Dokumentarfilme [13. Stock] (Verbrecher Verlag) und [13. Shop] (Mairisch Verlag) veröffentlicht. Im Verbrecher Verlag erschien 2007 darüber hinaus sein vielgelobter Erzählband Minibar. www.koljamensing.de

KOLJA MENSING

WIE KOMME ICH HIER RAUS?

AUFWACHSEN IN DER PROVINZ

VERBRECHER VERLAG

Für Kirsten (Stadtkind)

Erste Auflage
Verbrecher Verlag Berlin 2009
www.verbrecherei.de

Einbandentwurf: Sarah Lamparter
Satz: Christian Walter
Lektorat: Konrad Krämer

ISBN: 978-3-940426-32-1

Printed in Germany

Der Verlag dankt Lili Werner, Silvia Laube und Vincent Exner.

Wir haben gehalten
In der langweiligsten Landschaft der Welt.
Wir haben uns unterhalten
Und festgestellt, dass es uns hier gefällt.

Tocotronic: »Let There Be Rock«

ORTSWECHSEL

Sie hatten sich in einem Café in einer Seitenstraße des Piccadilly Circus verabredet. Michael besuchte einen Freund, der in London lebte, und weil Steffi gerade ein Praktikum bei einer Consulting Agentur in der Stadt machte, hatte er sie angerufen. Sie hatte das Café ausgesucht.

»Hübsch«, sagte Michael.

»Du musst lange suchen, wenn du in London guten Kaffee trinken willst«, sagte Steffi.

Das Praktikum gefiel ihr. Sie erzählten sich, was seit ihrer letzten Begegnung in Berlin vor einem halben Jahr passiert war, und redeten über einige gemeinsame Bekannte von früher. Dann bestellten sie noch zwei Latte macchiato und begannen mit dem Spiel, das sie jedes Mal spielten, wenn sie sich trafen.

Steffi eröffnete: »Ein paar Wochen London, und ich habe das Gefühl, ich bin schon ewig hier.«

»Willst du bleiben?«

»Warum nicht? Wenn sie mich in der Firma länger wollen …«

Michael nickte. Das Spiel hieß »Ortswechsel«, und es ging darum, sich gegenseitig davon zu überzeugen, dass man mit dem Leben in der Provinz endgültig abgeschlossen hatte. Manchmal gewann Steffi, manchmal Michael. Diesmal sah es für ihn nicht so gut aus.

»Ich habe das Gefühl«, sagte Steffi und streute vorsichtig Zucker in ihren Kaffee, »dass ich mit jedem Umzug unendlich viel Ballast verliere.«

Michael sagte nichts. Steffi rührte in ihrem Kaffee.

»Ich habe es gestern mal nachgezählt«, fuhr sie fort. »Es ist inzwischen das sechste Mal, dass ich umziehe.«

Eins zu null. Michael war erst dreimal umgezogen, seit er vor einigen Jahren die Kleinstadt verlassen hatte, in der Steffi und er zusammen zur Schule gegangen waren. Der Punkt ging an sie. Kurz überlegte er, die Gültigkeit ihrer Praktika anzufechten, von denen schließlich keines länger als zwei Monate gedauert hatte. Dann versuchte er, dem Gespräch eine andere Richtung zu geben: »Und zu Hause?«

Ein ehemaliger Mitschüler hatte geheiratet. Steffi verzog das Gesicht: »So richtig, mit Nachbarn und Verwandten. Könntest du dir das vorstellen?«

»Gott sei Dank hat er uns nicht eingeladen.«

»Ich wäre ja eh in London gewesen«, sagte Steffi.

Noch ein Punkt für sie. Aber Michael hatte Glück. Steffi sagte: »Wahrscheinlich läuft man den beiden ja Weihnachten über den Weg.«

»Ich fahre dieses Jahr nicht nach Hause«, sagte Michael. »Wir sind in Italien, bei den Eltern meiner Freundin.«

»Cool«, sagte Steffi, und für einen Moment hätte

man meinen können, dass sie sich ärgerte. »Was macht denn deine Freundin?«

Zwei zu eins. Michael holte auf. Weihnachten nicht nach Hause zu fahren wog mindestens so viel wie zwei Umzüge, denn Weihnachten fuhr jeder nach Hause. Steffi schien zu ahnen, dass sie ihren Vorsprung nicht länger verteidigen konnte. Sie winkte dem Kellner.

»Ich muss dann. Ich bin noch mit ein paar von den Leuten aus dem Office verabredet«, sagte sie, während sie das Geld abzählte. »Ich ruf dich an. Deine alte Nummer hast du noch?«

Vor dem Fenster war es inzwischen dunkel geworden. Die Straßenbeleuchtung brannte, und direkt vor dem Café bremste ein Taxi scharf vor einem Zebrastreifen. Michael nickte missmutig. Natürlich hatte er seine alte Nummer noch. Das Spiel war vorbei. Drei zu eins.

HEIMSPIEL

Es geht schneller als man denkt. Eine knappe Viertelstunde, nachdem der Intercity Express den Bahnhof verlassen hat, ist von Berlin nichts mehr zu sehen. Am Rand der Bahntrasse liegen leere Zigarettenschachteln und zusammengedrückte Blechdosen im Schneematsch, einzelne Häuser fliegen hinter den getönten Zugfenstern vorbei. Hier kennen wir uns aus. Wir können zwar keines der brandenburgischen Dörfer, die wir gerade mit 183 km/h Reisegeschwindigkeit durchqueren, beim Namen nennen. Aber trotzdem haben wir das Gefühl, mit dieser Landschaft mehr als mit jedem anderen Ort der Welt vertraut zu sein. Wir sind wieder dort, wo wir hergekommen sind. Wir sind mitten in der Provinz.

Eigentlich sollten wir gar nicht hier sein. »Fährst du dieses Jahr …?« Natürlich nicht. Wir hatten in den letzten Wochen oft genug darüber geredet. Michael war nach Italien eingeladen worden. Kerstin hatte zu viel Arbeit, Jörg fühlte sich nicht weihnachtlich, Steffi hasste die überfüllten Züge. Das waren alles keine schlechten Ausreden, und Matthias hatte wie immer gar nicht erst den Hörer abgenommen.

Irgendwie haben wir es uns dann in letzter Minute

doch anders überlegt und fahren aus unterschiedlichen Richtungen zurück in unsere Kleinstadt. Im Grunde genommen ist es ja eine ganz romantische Vorstellung, selbst wenn man sich nicht mit dem Auto durch meterhohe Schneewehen kämpfen muss. »Driving home for Christmas … get my feet on holy ground.« Chris Rea läuft in der Adventszeit dreimal am Tag im Radio.

Es gab eine Zeit, in der man sich leichter damit tat, heiligen Boden unter die Füße zu bekommen. Vor hundert Jahren war die Provinz noch ein segensreicher Landstrich, in dem einem all das zuteil wurde, was man in den modernen Großstädten vermisste. Natur. Frieden. Ruhe. Frische Luft. Heimatgefühle. Das war die Zeit der guten, alten Provinz: einer heilen Welt, einer idyllischen Landschaft aus Wäldern, Wiesen und Flüssen, in der malerische Dörfer und beschauliche Kleinstädte mit gepflegten Vorgärten lagen. Die Menschen hier waren ein bisschen rückständig, aber wenn man darüber hinwegsah, konnte man sich wohlfühlen.

Dann wurde die frische Luft muffig. In den Jahren nach dem Zweiten Weltkrieg hatte ein Teil Deutschlands in den Dörfern und kleinen Städten noch einmal seinen Frieden gefunden. Doch es dauerte nicht lange, und die Provinz der Adenauer Republik geriet gerade deswegen unter Verdacht. Sie erschien als Rückzugsgebiet der ewig Gestrigen, als unheiliger Boden, auf dem die Kirche und ein paar alte Nazis ihre Felder bestellten. Es war Zeit für eine Kulturrevolution. Während man allerdings in den großen Städten lauthals über die Veränderung der Gesellschaft diskutierte und Pflastersteine warf, wurde der Rest des Landes zunächst beinahe unbemerkt umgepflügt.

Damals sagte man gerne, dass es eng sei in der Provinz. Die Generation unserer Eltern hat sich diesen Vorwurf zu Herzen genommen und dafür gesorgt, dass überall schön viel Platz geschaffen wurde. Alles wurde großzügig geplant: die Sportanlagen und Freibäder, die Autobahnen und Parkplätze, die Naturschutzgebiete und Landschaftsparks, die Neubaugebiete und Gewerbeflächen. Die Schulzentren wurden immer höher, die Jugendzentren bekamen immer bessere Ausstattungen, und die Einkaufszentren gingen in die Breite. Eine neue Provinz entstand, die sich selbst nun gerne »Region« nannte. Die Landschaft war nicht mehr idyllisch, aber dafür war sie auch nicht mehr von gestern.

Wir sind die Kinder dieser neuen Provinz. Wir haben gesehen, wie eine Umgehungsstraße nach der anderen gebaut wurde. Wir haben gelernt, dass man auf die Natur gut aufpassen muss. Wir haben uns erklären lassen, dass man mit dem Wort »Heimat« besser vorsichtig umgeht, um die bösen Geister der alten Provinz nicht zu wecken. Wir haben unsere Fahrräder vor den Garagentoren der Neubausiedlung abgestellt, auf die unsere Väter überall den gleichen roten Apfel gemalt haben, und wir haben gesehen, wie die Gartenzwerge angefangen haben, ironisch mit den Augen zu zwinkern. Wir haben unsere Brillen in der Fußgängerzone bei Fielmann gekauft und unsere Hamburger bei McDonald's, und obwohl wir am Rand aufgewachsen sind, waren wir die ganze Zeit mittendrin – live dabei zuerst über Glasfaserleitungen und Satelliten, später dann über das Internet. Hier draußen war man nicht länger von der Welt abgeschnitten.

Das Handy klingelt. Jörg ist dran. Er langweilt sich schon seit zwei Tagen mit seinen Eltern: »Vielleicht hätte ich doch zu Hause bleiben sollen.« Zu Hause? Der Zug bremst ab. Langsam, ohne anzuhalten, fährt er durch eine kleine Stadt. Der Platz vor dem Bahnhof ist leer, überall wird gebaut. Die Diskothek im alten Güterschuppen heißt Mausefalle, und ein Plakat kündigt an, dass hier in einer guten Woche eine »Ü 30 Silvester Party« stattfinden werde, mit »Lebendem Büfett«, »Raucherfloor« und Drum'n'Bass-DJ. 20 Euro Eintritt.

Der Zug wird wieder schneller. Ein Chinarestaurant in Pagodenform rauscht vorbei, ein Landhandel mit verblasstem Schriftzug und ein Einkaufszentrum mit den bunten Reklamen von Schuhpark, McWash und Real. Das Gespräch wird unterbrochen. Provinz ist dort, wo es Funklöcher gibt.

Noch eine Autobahnbrücke, eine Bushaltestelle, dann lassen wir auch diese Stadt hinter uns. Die nächste wird genauso aussehen: mit modernen Reihenhausanlagen, deren Sonnenseite sich zur ICE-Trasse hin öffnet, und alten Dorfgebäuden, die sich mit Eternitplatten gegen den kalten Wind des Fortschritts schützen. Die neue Provinz ist die hässlichste Landschaft der Welt. Es müsste schon eine ganze Menge Schnee fallen, damit es in einer dieser Kleinstädte wenigstens zu dieser Jahreszeit beschaulich wirkt.

Eigentlich könnte es uns egal sein. Schließlich sind wir nur zu Besuch hier. Das Schönste an der Provinz, in der wir aufgewachsen sind, ist, dass jede Menge Wege direkt aus ihr hinausführen: Autobahnen, Zugschienen und Datenleitungen. Wir müssen schließlich nicht mehr die Höfe unserer Eltern übernehmen. Als wir gehen wollten, hat niemand versucht, uns aufzuhalten. »Macht was draus« hieß: Macht was – da draußen.

Wir haben uns an jedem neuen Ort schnell eingelebt. Wir haben uns bemüht, die Provinz zu vergessen, und Anfang der neunziger Jahre in Berlin und anderswo erst einmal Großstadt gespielt. Matthias geht nicht mehr in Diskos, sondern in Clubs. Jörg hat seinen alten Passat verkauft, und wenn er es eilig hat, nimmt er jetzt den Flieger. Kerstin wohnt in einer Altbauwohnung im Prenzlauer Berg zur Miete und hat keine Ahnung, was sie mit dem Bausparvertrag anfangen soll, den ihre Eltern vor 20 Jahren für sie angelegt haben. Wir haben gelernt, dass man Espresso macchiato oder Chai Latte bestellt und dass Heimat kein böses Wort ist, wenn man es »homezone« schreibt. Wir haben Arbeit, Beziehungen und das Internet, um uns zu Hause zu fühlen, und wenn wir doch einmal eine melancholische Anwandlung verspüren, erinnern wir uns lieber an die Fernsehsendungen unserer Kindheit als an die Landschaft, in der wir aufgewachsen sind.

Trotzdem setzen wir uns jedes Jahr Weihnachten wieder in den Zug und treten zum Heimspiel an. Mal sehen, wer diesmal gewinnt.

EIN TAG IM PARADIES

»Vorsicht spielende Kinder« warnt ein Schild am Anfang der Siedlung. Ich ziehe mit meinem Fahrrad einen Bogen um einen der spärlich bepflanzten Betonkübel, die am Straßenrand stehen. Links und rechts liegen die Vorgärten. Zwischen Rosenbüschen und Koniferen schwenken Rasensprenger in gleichmäßigen Bögen hin und her und verspritzen unermüdlich Wasser. Es ist noch einmal richtig heiß geworden. In einem Planschbecken schwimmen eine Plastikente und ein grüner Ball, in einer Einfahrt liegt ein Fahrrad, und von irgendwoher hört man das friedliche Summen eines elektrischen Rasenmähers. Gegen Mittag sind die Straßen der Neubausiedlung beinahe leer. Es ist Essenszeit.

Ich biege in die bunt gepflasterte Spielstraße ein, an dem Haus von Herrn B. vorbei, dann immer geradeaus. Langsam fährt ein Nachbarskind auf einem Dreirad Runde um Runde um das Beet in der Mitte des Wendehammers. Ein Mann nimmt eine Getränkekiste aus dem Kofferraum seines Autos und lächelt seiner Frau zu, die aus dem Küchenfenster schaut. Er tritt seine Füße gründlich auf einer Bastmatte ab. »Hier lachen und spielen, streiten und lieben …« verkündet die bunt bemalte Tontafel neben der Tür, darunter stehen die Namen aller Familienmitglieder.

Am Nachmittag belebt sich die Siedlung. Kinder spielen in den Gärten hinter den Häusern. Überall wird jetzt Rasen gemäht, und manchmal, wenn ein Zweig ins Schneidewerk gerät, knackt es laut und trocken. Sonst läuft alles reibungslos. Sirrende Kantenschneider sorgen für saubere Übergänge zwischen Rasenflächen und Wegen, elektrische Heckenscheren klappern, und dazwischen hört man das tiefe Brummen der gelben Hochdruckreiniger, mit denen die Pflastersteine auf den Terrassen vom Moos befreit werden. Ein Haus mit Garten macht viel Arbeit.

Auf dem Sportflugplatz, der draußen zwischen den Feldern liegt, ist ein motorisierter Drachenflieger gestartet. Jetzt fliegt er langsam über die Gärten, die wie ein Flickenteppich in der Landschaft liegen. Dort steht ein Sandkasten mit Schaufeln und Förmchen, daneben liegt eine blaue Decke auf dem Rasen, ein rotes Bobby Car ist gerade noch zu erkennen. Weiter vorne steht das Planschbecken mit der Ente und dem grünen Ball. Auf den Sitzmöbeln liegen gestreifte Polster, in einigen Gärten stehen Hollywood-Schaukeln, und auf einem kleinen Teich schwimmen Seerosenblätter.

Aus der Luft kann man alles genau erkennen. Von unten dagegen sieht man wenig. Die Häuser stehen nur ein paar Meter voneinander entfernt, man hält auch gerne mal ein Schwätzchen, trotzdem will niemand seinen Nachbarn zu nahekommen. Also werden an den Feierabenden und am Wochenende Zäune gebaut und Hecken gesetzt, Lastwagen schaffen Erde heran, die zu Wällen aufgeschüttet wird, und hier und da steht auf der Grenze zum nächsten Grundstück eine Pergola aus dunklen Holzbrettern, an der Glyzinien und Rosen emporranken. Später schreit der Nachbar zur Linken seine Kinder an. Eine Tür fällt zu, jemand weint, dann erhebt sich wieder das Summen der Rasenmäher. Die Luft ist gut, man lebt im Grünen.

Gegen Abend steigen gedämpfte Stimmen über der Siedlung auf, leise klirren Gläser, Teller und Besteck. Das Wetter ist gut, das muss man ausnutzen. Es riecht nach Grillkohle, nach Spiritus und gebratenem Fleisch. Aus einem Fernseher erhebt sich Beifall, der Ton wird heruntergedreht. Tor. Mit der Tagesschau geht der Tag zu Ende. Im ganzen Wohngebiet werden die Jalousien heruntergelassen, und vor den Fenstern der Kinderzimmer hängen Gardinen mit einem Mond und kleinen Sternen.

Mitten in der Nacht wache ich auf. Ich stehe auf und sehe aus dem Fenster. Die Häuser der Siedlung sind jetzt in das orangefarbene Licht der Straßenlaternen gehüllt, und die kleinen Bäume in den Vorgärten haben sich in künstliche Gewächse verwandelt, mit Blättern, die metallisch glänzen. In den dunklen Höhlen der Carports funkeln die Stoßstangen der Autos, und das verlassene Fahrrad in der Einfahrt am Anfang der Straße hat sich in eine gefährlich aussehende, stählerne Apparatur verwandelt. Menschen sieht man um diese Zeit nicht mehr. Nur ganz selten wandern die Scheinwerfer eines Autos über die Rasenflächen der Vorgärten und werfen scharf geschnittene Schatten auf die Wände der Häuser. Die Straße, in der das Haus meiner Eltern steht, wirkt wie die Szenerie in einem Science-Fiction-Film.

»Wir leben in der Provinz unseres Sternensystems«, steht in dem Buch über das Weltall, in dem ich tagsüber gelesen habe: »Die Erde befindet sich am äußeren Rand der Milchstraße.« Ich bin elf Jahre alt, und während ich aus dem Fenster in die Nacht sehe, stelle ich mir vor, dass ich auf einem fremden Planeten gestrandet bin und dort auf ein Raumschiff warte, das mich zurück auf die Erde bringt.

Eine der Laternen steht direkt vor dem Haus meiner Eltern, und ihr Schein fällt durch die Gardinen in mein Zimmer. In dieser Nacht träume ich davon, dass ich mein ganzes Leben hier, am Rand der Milchstraße, verbringen werde.

MÜLL FÜR DIE EWIGKEIT

Im Anfang war der Bebauungsplan. Er legte die Traufhöhe und die Abstandsflächen in der Siedlung fest, schrieb die Ausrichtung der Dachfirste und die Farbe der Ziegel vor. Er wies diejenigen Bäume und Hecken aus, die vom Bagger verschont bleiben sollten, und künftig wie die Überreste einer längst vergangenen Zeit inmitten der Neubauten stehen würden. Außerdem erlaubte er den zukünftigen Bewohnern die ersten Spaziergänge über die Fußwege, die auf den großformatigen Blaupausen bereits in einer präzise ausgewiesenen Breite zwischen den Grundstücken entlangführten.

Herr B. hatte Glück gehabt. Es war ihm gelungen, bereits frühzeitig ein Anrecht auf ein Eckgrundstück zu erwerben. Zwar bestand es aufgrund seiner Lage praktisch nur aus Haus und Vorgarten. Doch die Spielstraße an der einen und die Dreißiger-Zone an der anderen Seite des Grundstücks erlaubten es dem leicht pedantisch veranlagten Finanzbeamten, seiner selbst gewählten Rolle als Wächter über die Straßenverkehrsordnung nachzukommen. Wenn er mit dem Fahrrad von seiner Arbeit im Amt zurückkam, die schmale Aktentasche mit einem Gummizug auf den Gepäckträger geschnallt, widmete er sich anschließend mit der gleichen Sorgfalt, mit der er tagsüber einen Stapel Einkommenssteuererklärungen durchgesehen hatte, seiner Feierabendaufgabe.

Er setzte sich in die Küche, aus deren Fenster er die beste Sicht hatte, und beobachtete die beiden Straßen, die an seinem Grundstück vorbeiführten. Hatte einer der Autofahrer es auf den letzten paar hundert Metern von der Arbeit nach Hause zu eilig, notierte Herr B. sich die Nummer und ließ sie am nächsten Tag von einem befreundeten Kollegen in der Kfz-Zulassungsstelle der Kreisverwaltung überprüfen. Penibel führte er Buch. Kam es zu Häufungen, suchte Herr B. die Nummer des auffällig Gewordenen aus dem Telefonbuch heraus und sprach unter falschem Namen Drohungen aus.

Selbstverständlich war sein Haus streng nach den Vorgaben des Baurechts entstanden. Herr B. gehörte zu denjenigen Bewohnern der Neubausiedlung, die eingesehen hatten, dass die mit einem Eigenheim gewonnenen Freiheiten nur im Tausch gegen ein kompliziertes System von Regeln und Vorschriften zu haben waren.

Eine einzige Extravaganz hatte Herr B. sich erlaubt. Neben der Einfahrt zu seiner Garage stand ein kleiner, etwa ein Meter hoher Kasten mit einer Stahltür. Dieser Kasten gehörte zu seinem Haus genauso wie die Garage und war passend zur Fassade mit hellen Klinkersteinen verkleidet worden. Das kleine Bauwerk war ein Mülltonnenschrank. Wenn Herr B. abends den Abfall aus dem Haus trug, konnte man beobachten, wie beim Öffnen der schweren Stahltür ein verborgener Mechanismus die schwarze Tonne aus dem Schrank herausschwenkte. Herr B. warf den Müllbeutel in die Tonne und verschloss die Stahltür wieder mit einem Schlüssel, den er an seinem Schlüsselbund trug.

Ansonsten glich das Haus von Herrn B. den Häusern seiner Nachbarn. Hellgraue und beigefarbene Klinkersteine waren Ende der siebziger Jahre, als die ersten Grundstücke der Neubausiedlung verkauft worden waren, sehr in Mode gewesen. Die Wände der Häuser, die innerhalb kürzester Zeit aus dem Boden gestampft worden waren, leuchteten hell, und der sauber verputzte Mörtel in den Fugen wirkte noch genauso frisch wie am ersten Tag. In einem merkwürdigen Kontrast zu diesem Glanz standen allerdings die Bemühungen von Herrn B. und seinen Nachbarn, ihre Häuser mit allerlei altmodischem Zierrat zu schmücken und ihre Haustüren mit altertümlich wirkenden Beschlägen aus Messing oder Gusseisen zu versehen.

Der rustikale Stil war weit verbreitet. Es gab allerdings Ausnahmen. Einige Lehrer, ein Architekt und ein Zahnarzt bauten, nachdem sie in den Siebzigern ihre Urlaube vornehmlich in kleinen Ferienhütten in Dänemark oder Schweden verbracht hatten, ihre Häuser nach skandinavischen Vorbildern: mit dunkelroten Klinkersteinen, weit heruntergezogenen Dächern und einem sorgfältig verwilderten Garten. Im Keller ließen sie sich eine Sauna installieren, und ihre Möbel kauften sie während eines Tagesausflugs zu einer der weit entfernten Ikea-Niederlassungen. Der Zahnarzt hatte sogar eine Schwedin geheiratet, die von seinen Nachbarn wie ein besonders eindrucksvoller Einrichtungsgegenstand bestaunt wurde.

An diesen Häusern fand man kein Messing und kein Gusseisen. Stattdessen war überall Holz zu sehen. Die Dachbalken ragten unter den Ziegeln hervor, der Giebel war ganz mit Holz verkleidet, und wer es sich leisten konnte, ließ anstelle von Jalousien Fensterläden einbauen. Wind, Regen und Sonne hatten schon nach dem ersten Jahr Spuren in dem Material hinterlassen, was die Bewohner jedoch nicht weiter störte. Sie ließen sogar bereits fertig verwitterte Eisenbahnschwellen anliefern, mit denen sie ihre Terrassen auslegten und die mit Wildblumen bewachsenen Beete einfassten. Alles musste neu sein und gleichzeitig möglichst alt aussehen. Genau wie ihre Nachbarn mit den historisierenden Türbeschlägen versuchten auch die Anhänger des skandinavischen Stils mit aller Macht, ihren aus Leichtbausteinen zusammengesetzten Neubauten etwas geschichtliche Schwere zu geben. Kein Wunder, dass an den Ecken vieler Grundstücke Feldsteine lagen, als müsste man den Rasen davor bewahren, mit Haus, Garage und Einfahrt von einer Windböe davongetragen zu werden.

Tatsächlich fühlten sich viele Menschen Anfang der achtziger Jahre zwischen Stahlbetondecken und hinter dreifach verglasten Fenstern keineswegs sicher. Die Angst vor dem Dritten Weltkrieg war groß. In Zeitungsartikeln konnte man sich täglich darüber informieren, wie der Abwurf einer Atombombe eine größere Stadt dem Erdboden gleichmachen würde, und auch über die Folgen für das »nichtkritische Zielgebiet«, wie die Provinz im Terminus der Zivilschutzstrategen hieß, wurde viel geschrieben. In den Dörfern und Kleinstädten, wo die Druckwelle der Bombe keinen unmittelbaren Schaden mehr anrichten konnte, würde man mit nuklearen Niederschlägen, Flächenbränden und anderen Katastrophen rechnen müssen. Die Bundesregierung hatte darum bereits 1977 begonnen, den Bau von privaten Schutzräumen nach dem gleichen Prinzip zu fördern wie den Bau von Eigenheimen – mit einem staatlichen Zuschuss und einem Steuernachlass.

Herr B. hatte sich mit dieser Materie eingehend befasst. Als die Sowjetunion in Afghanistan einmarschierte, stand für ihn die Entscheidung fest. Er befand sich gerade in den Planungen für sein Haus, und da er ein umsichtiger Mensch war, hatte er noch einen Bausparvertrag in der Hinterhand. Herr B. ließ sich in den Keller einen kleinen Bunker einbauen. Die aus Fertigbetonteilen zusammengesetzte Kammer, die genau wie sein Mülltonnenschrank eine schwere Stahltür besaß, sollte nach Angaben des in Süddeutschland beheimateten Herstellers Schutz vor herabfallenden Trümmern, Brand und nuklearen Niederschlägen bieten.

Herr B. war stolz auf seinen Schutzraum, den er bequem über die Kellertreppe erreichen konnte. Als er kurz nach seinem Einzug den obligatorischen Besuch seiner Nachbarn erhielt, die ebenfalls gerade erst ihre neuen Häuser bezogen hatten und sich jetzt unter fachmännischen Diskussionen gegenseitig ihre Eigenheime vorführten, hätte er ihnen am liebsten auch den Bunker gezeigt. Allein der Gedanke, dass er und seine Frau im Ernstfall möglicherweise den knappen Sauerstoff und die vierzehn Tagesrationen an Trockenbrot und Milchpulver mit ihnen teilen müssten, hielt ihn in letzter Minute davon ab. Auch Nachbarschaft kennt Grenzen.

Lange hielt Herrn B.s Stolz nicht an. Ende der achtziger Jahre schwand mit den Reformen in der Sowjetunion die Angst vor einem jähen Ende der Welt in einem Atomkrieg. Herr B. nutzte seinen Bunker nun als Lagerplatz für ein paar Kisten Wein, die er und seine Frau jedes Jahr im Herbst bei einem Kurzurlaub im Schwarzwald einzukaufen pflegten; über die Existenz des Schutzraums schwieg er sich jedoch weiterhin aus. Es war ihm peinlich, dass der trotz der Subventionen recht teure Betonklotz mit dem ABC-Filter sich nicht als die beste Investition herausgestellt hatte.

Der Bunker war nicht die einzige Baumaßnahme, bei der Herr B. sich verkalkuliert hatte. Auch mit seinem Mülltonnenschrank gab es Probleme. Als sich das Prinzip der Mülltrennung durchsetzte, hatte Herr B. diese mit großem Verwaltungsaufwand eingeführte

Neuerung zunächst begrüßt. Der Gedanke, die Haushaltsabfälle nach recyclebaren Kunststoffen, Papiermüll, Biomüll und Restmüll zu trennen, schien ihm als ordnungsliebendem Menschen durchaus einsichtig. Der Nachteil dieses Verfahrens lag allerdings auf der Hand. Herr B. besaß jetzt mehrere Mülltonnen, in seinem extra für diesen Zweck gemauerten Schrank fand hinter der Stahltür jedoch nur eine Tonne Platz.

Nach einer kurzen Phase der Verzweiflung, die durch einen unglücklichen Zufall in die Zeit kurz nach seiner Pensionierung fiel, traf Herr B. die in seiner Situation einzig richtige Entscheidung. Während seine Nachbarn bereits darüber nachdachten, was sie mit ihren viel zu großen Häusern anfangen sollten, nachdem die Kinder ausgezogen waren, hatte Herr B. das große Glück, mithilfe eines Bauunternehmers einen Anbau planen zu dürfen. Der Mülltonnenschrank wurde verbreitert.

HEIMATKUNDE: EIGENHEIM

Es begann während des Zweiten Weltkriegs. Im Jahre 1943 stellte ein von Albert Speer eingesetzter Planungsstab grundsätzliche Überlegungen zu Siedlungsstruktur und Wohnungsbau im Deutschen Reich an. Die verdichteten Wohnanlagen in den Städten mit ihren eng aneinander gebauten Mietskasernen waren während des Krieges zu einem Problem geworden. Die Mitglieder des Stabes – darunter viele Architekten – beschlossen, die potenziellen Ziele feindlicher Bombenangriffe in Zukunft möglichst großzügig über die Landschaft zu verteilen, und propagierten das Reihenhaus und das frei stehende Einfamilienhaus als »luftschutzgerechte Hausform«.

Auch nach dem Krieg hatten diese Überlegungen Bestand. Die Architekten, die unter Speer gearbeitet hatten, veröffentlichten in den fünfziger Jahren die Standardwerke zum Wohnungsbau. Nun begann der eigentliche Siegeszug des Einfamilienhauses. Die Angst vor neuen Bombennächten vermischte sich mit der Hoffnung auf eine friedliche Zukunft im Grünen, und so wurde das Eigenheim zum begehrten Wunschobjekt der bundesrepublikanischen Bevölkerung. In der Provinz und nicht in den in Schutt und Asche liegenden Städten wollte man ein neues, normales Leben beginnen.

Die Rahmenbedingungen waren gut. Mit dem Wirtschaftswunder rückte ein Eigenheim für viele Familien in greifbare Nähe, und der Staat half, so gut er konnte. Das Zweite Wohnungsbaugesetz versprach zukünftigen Bauherren, den fehlenden Anteil an Eigenmitteln durch öffentliche Subventionen auszugleichen. Außerdem gewährte der im Kreis der Häuslebauer legendäre Paragraf 7b des Einkommensteuergesetzes im Fall eines Wohnungsbaus eine erhöhte Abschreibung. Damals entstand die Vorstellung, es sei billiger, ein Haus zu bauen als zur Miete zu wohnen, eine Auffassung, die bis heute einer der besten Werbeslogans für die Bauplätze im ländlichen Raum geblieben ist.

Dazu kam, dass sich immer mehr Familien ein Auto leisten konnten. Das Leben abseits der Städte war nicht mehr gleichbedeutend mit einem Schritt in die Abgeschiedenheit und Einsamkeit. Die Provinz wurde moderner und attraktiver. Hier ließ es sich siedeln.

Im Umland der Städte, in den Kleinstädten und auf den Dörfern verschmolzen »Eigenheim« und »Einfamilienhaus« zu einem Symbol für einen soliden Neuanfang nach dem Zweiten Weltkrieg. Angesichts der verwirrenden weltpolitischen Lage vermittelten sie das Gefühl von Sicherheit und Geborgenheit. Gleichzeitig fanden die Angehörigen der mittleren Einkommensgruppen, die in den kommenden Jahrzehnten die bundesrepublikanische Gesellschaft dominieren sollten, im Eigenheim die ideale Sparform. Das eigene Haus wurde zur Golddeckung für ein beständiges und risikoarmes Leben, und es zeigte – genauso wie der eigene Pkw – deutlich den sozialen Status des Aufsteigers an. Und auch auf einer anderen Ebene geriet das Eigenheim zum Symbol. In den ideologischen Auseinandersetzungen des Kalten Krieges wurde es als raumplanerische Waffe eingesetzt und als individualistische Wohnform den kollektivistischen Mietskasernen der DDR gegenübergestellt.

Allzu weit trieben es die Bewohner der neu gebauten Eigenheime in Westdeutschland allerdings nicht mit dem Austritt aus der Masse. Die sorgsame Auswahl eines der bald sprichwörtlich werdenden Gartenzwerge blieb meist die einzige individuelle Gestaltungsmaßnahme. Der kreative Geist der Architekten und Bauherren erschöpfte sich darin, zwischen Spitzdach, Walmdach oder Krüppelwalmdach zu entscheiden, bis heute die ungeschlagenen Favoriten unter dem Himmel der Neubaugebiete.

Während in der Provinz die neuen Eigenheimsiedlungen entstanden, hatte man sich in den Städten vor allem dem Wiederaufbau der im Krieg zerstörten Gebäude gewidmet. Als diese Arbeit in den sechziger Jahren zum größten Teil abgeschlossen war, begann man mit den Planungen für die ersten Großsiedlungen an den Stadträndern. Die Nordweststadt in Frankfurt am Main oder die Gropiusstadt in West-Berlin sollten die Wohnungsnot mildern und zugleich eine Abkehr von der Idee der »aufgelockerten Städte« signalisieren, die aus Speers Planungsstab heraus die Diskussion der fünfziger Jahre beherrscht hatte. Die Bundesrepublik wollte endlich in der städtebaulichen Moderne ankommen: zwanzig Stockwerke statt zweien, Mietwohnungen statt Eigenheimen, Urbanität statt Provinz.

Der Plan ging nicht auf. Ursprünglich sollten alle Bevölkerungsschichten in den Großsiedlungen vertreten sein. Doch nachdem sich die Unterstützung des Staates vor allem auf finanziell schwächer gestellte Familien konzentriert hatte, verwandelten sich die Hochhaus-Komplexe in soziale Brennpunkte. Die jungen Familien, die es sich leisten konnten, verzichteten auf den ideellen Mehrwert der Urbanität und zogen hinaus aus der Stadt – und fast immer in ein Einfamilienhaus.

Neben das vage Verlangen nach Sicherheit, das mit dem Wunsch nach einem Eigenheim verbunden war, trat jetzt das konkrete Bedürfnis nach mehr Lebensqualität. Mehr Platz, mehr Ruhe und Auslauf für die Kinder. Das waren die Argumente, mit denen junge Ehepaare sich gegenseitig davon überzeugten, sich für den Hausbau bis zur Rente oder darüber hinaus zu verschulden. Aus den Auseinandersetzungen um die städtebauliche Moderne in der Bundesrepublik ging die Provinz zuletzt gestärkt hervor. Sie war zum gelobten Land der neuen Mittelschichten geworden.

Der Prozess der Suburbanisierung fand seinen vorerst schärfsten Kritiker in Alexander Mitscherlich. Der

Arzt und Psychoanalytiker diagnostizierte in seinem 1965 erschienenen Buch »Die Unwirtlichkeit unserer Städte« angesichts der Stadtflucht ein »panisches Regressionsbedürfnis vom Vater weg zur Mutter Erde«. Mitscherlich beschrieb den Verfallsprozess der modernen, in die Breite wachsenden Städte, in denen es keinen Platz für eine bürgerliche Gemeinschaft mehr gebe. Die Stadt, die einst die Trägerin der Aufklärung gewesen sei, verwandele sich nun in einen einzigen, großen Vorort. Gleichzeitig fiel Mitscherlich in einer eindrucksvollen verbalen Attacke über die »Einfamilienhausweiden« her und ihre »Bimsblock-Tristesse, die sich um jedes einigermaßen stadtnahe Dorf legt«.

Mitscherlich sah in der immer schneller wachsenden Provinz der Eigenheime vor allem den Niedergang politischer Werte. In der ersten Hälfte der siebziger Jahre geriet das Einfamilienhaus dann erneut in die Kritik, die diesmal unter dem Banner der Ökologie geäußert wurde. Rund um Rudolf Kellers Bestseller »Bauen als Umweltzerstörung« wuchs die Kritik an der zunehmenden Betonierung der Landschaft. Jetzt wurde man auch auf die Sünden aufmerksam, die unter dem Stichwort der Modernisierung in den Dörfern begangen worden waren. Ohne Rücksicht auf das traditionelle Erscheinungsbild hatte man die Straßen verbreitert, Fachwerkhäuser mit Eternit verkleidet und Banken und Sparkassen erlaubt, zwischen die verbleibenden historischen Fassaden ihre protzigen Neubauten zu stellen.

Der öffentlich ausgeschriebene Wettbewerb »Unser Dorf soll schöner werden« war einer der Versuche, dieser Entwicklung entgegenzutreten. In den achtziger Jahren sah es zunächst so aus, als sei es tatsächlich gelungen, aus den Fehlern der Vergangenheit zu lernen. Die Bauherren nahmen Abschied vom Standardgrundriss – großes Wohnzimmer, mittelgroßes Elternschlafzimmer, kleines Kinderzimmer – und einigten sich mit ihren Architekten auf zeitgemäße Entwürfe. Auch das naturschonende Bauen machte Fortschritte. Vom Verzicht auf gesundheitsschädliche Farben und Holzschutzmittel über die Installation von Wasserspeichern oder Solarzellen auf dem Dach bis hin zum Fertigprodukt »Niedrigenergiehaus« gab es zahllose Varianten des ökologisch korrekten Wohnens.

Im Eigenheim schienen sich gegen Ende des Jahrzehnts sämtliche Wünsche des aufgeklärten Provinzbewohners zu erfüllen. Sicherheit und Lebensqualität gingen einher mit einem naturverträglichen Lebensstil, und die musealisierten Dorfkerne, an deren Rand die künstlichen Wohnwelten entstanden waren, konnten auch bei neu Hinzugezogenen Heimatgefühle hervorrufen. Hatte man es sich im Wintergarten auf den Naturholzmöbeln bequem gemacht und sah in seinen dicht bepflanzten Garten hinaus, konnte man meinen, dass die Provinz sich endgültig zu einer harmonischen Wohnlandschaft entwickelt hatte.

Doch die Einfamilienhaussiedlungen waren nur die befriedeten Inseln in einer sich immer schneller verändernden Umgebung. In den achtziger und neunziger Jahren schritt der Prozess der Suburbanisierung mit neuer Kraft voran. Während sich die Innenstädte leerten, belebte sich das Umland. Arbeitsplätze verlagerten sich in die Industriegürtel, auf der grünen Wiese entstanden Freizeit- und Erlebniscenter neben Factory-Outlets und Einkaufszentren. Je mehr städtisches Leben auf diese Art an den Rand der Stadt verlagert wurde, desto attraktiver wurde wiederum das immer noch preiswerte Bauland in der weiteren Umgebung.

Die Trennlinie zwischen Stadt und Land wird heute immer unschärfer. Mit Begriffen wie »Zwischenstadt« oder »edge city« versucht man diese Veränderungen jetzt genauer zu beschreiben und die Siedlungsform einer Gesellschaft zu benennen, in der Mobilität einer der höchsten Werte ist und in der das Bild vom »Dienstleistungsnomaden« die Diskussion über den Arbeitsmarkt beherrscht. Zwischen den Städten erstreckt sich eine Landschaft, die ständig in Bewegung ist – »ein beinahe flächendeckendes Netz von Transportrouten, von verstreuten Industrie-, Wohn- und Freizeitfeldern«, wie der englische Architekt Peter Wilson über die »verstädterte Landschaft« schreibt.

Trotz dieser Tendenz zum ständigen Ortswechsel ist das Einfamilienhaus die beliebteste Wohnform. In Umfragen sind es heute achtzig bis neunzig Prozent der Deutschen, die ihre eigenen vier Wände am liebsten im Grünen aufstellen würden. »Wer sich abriegeln kann im Eigentum, der ist gefeit wider alle Anfechtungen dieser strudelnden und oft sinnlosen Welt«, hatte das Magazin der im Württembergischen ansässigen Bausparkasse Wüstenrot in den fünfziger Jahren seinen Lesern versprochen. Dieses Verlangen nach Geborgenheit und Sicherheit hat sich bis heute erhalten. Wer abends von der Arbeit nach Hause kommt und die Tür zu seinem Eigenheim hinter sich ins Schloss fallen lässt, weiß, dass es immer noch eine Grenze zwischen Innen und Außen, privatem Raum und Gesellschaft gibt.

APOKALYPSE IN DER PAUSENHALLE

Das Gymnasium lag in der Mitte der Stadt. Das ursprüngliche Schulgebäude war ein mehrgeschossiger Altbau aus der Vorkriegszeit. Nach und nach waren immer mehr Anbauten dazugekommen. Zuletzt wurde der Ring rund um den Schulhof zur Straßenseite hin durch das neue Hauptgebäude geschlossen: mit einer wehrhaften Fassade aus sorgfältig verputzten Klinkersteinen, getönten Fenstern und braunen Sichtblenden aus Metall. Die ganze Anlage wurde jetzt nur noch von der Sporthalle mit ihren hohen Milchglasfenstern überragt. Ähnliche Ensembles konnte man damals bei einer längeren Autofahrt über Land immer wieder antreffen. Es gab kaum eine Kleinstadt, die sich in den siebziger Jahren mit den damals noch stetig steigenden Schülerzahlen nicht einen ähnlich wuchtigen Schulbau in einer Architektur zwischen Bunker und modernem Versicherungsgebäude geleistet hatte.

Die moderne Befestigungsanlage, die in unserer Stadt entstanden war, verbarg in ihrem Innern auf den ersten Blick nichts anderes als einen reichlich unspektakulären Schulhof. Es gab ein paar Beete, sparsam mit Heckenrosen bepflanzt, Papierkörbe aus durchlöchertem Stahl und ein großes Schachfeld, das mit hellen und dunklen Betonplatten in das Pflaster eingelassen worden war. Spielfiguren existierten dafür nicht mehr. Überhaupt blieb der Schulhof die meiste Zeit leer, weil wir Schüler auch bei gutem Wetter lieber in der Pausenhalle standen. Nur die Raucherecke war gut besucht, und alle paar Jahre bemalte ein Kunst-Kurs die Wände mit Pop-Art-Motiven, die wie versehentlich hinterlassene Farbspritzer aus dem Grau des Schulhofs herausstachen.

Neben der Raucherecke stand eine Bank, an deren Lehne ein Messingschild mit der Inschrift »1977« angebracht war, zusammen mit einer ganzen Reihe von Namen. Abiturienten hatten sie als Erinnerung an ihren Abschluss hinterlassen, und seitdem war jedes Jahr ein mehr oder weniger nützliches Objekt auf dem Schulhof dazugekommen. Tischtennisplatten wurden aufgestellt, Beete angelegt oder Sonnenuhren und andere Skulpturen aus Stahl zusammengeschweißt und beschriftet. Irgendwann war der Schulhof voll, und die Schulleitung wies darauf hin, dass weitere Denkmäler nicht erwünscht seien.

In der modernen Provinz legte man keinen Wert auf Traditionen, und darum war auch für die traditionellen Fotos der Abschlussjahrgänge, wie es sie früher einmal gegeben hatte, im Innern unserer Schule kein Platz mehr vorgesehen. Hier sah es tatsächlich aus wie in einem Bürogebäude. Die Wände waren hell gestrichen und die Flure mit dunkelblauer Auslegware aus extrarobuster Kunstfaser überzogen. So stand das Gymnasium wie ein durch dicke Mauern und undurchdringliche Fassaden geschützter »think tank« inmitten der Provinz, und jeden Morgen um kurz vor acht hatte man das Gefühl, eine künstliche, mit Teppich ausgeschlagene Welt zu betreten.

Dieses Gefühl passte gut zu den pädagogischen Bemühungen unserer engagierten Lehrer, die in den siebziger Jahren in der Provinz vor allem eine Aufgabe für wichtig erachteten. Sie wollten den Schülern und Schülerinnen das nötige Rüstzeug dafür in die Hände geben, sich von ihrer näheren Umgebung zu distanzieren.

Hier im ländlichen Raum wurde der Begriff »Heimat« nur in Anführungsstrichen benutzt. Zu Beginn der Achtziger ersetzte man den ideologisch belasteten Begriff schließlich durch den neutralen Terminus »Nahraum«, der sich sprachlich gut in das Büroambiente der Klassenzimmer einfügte – und in dem man vor allem weniger von Blut und Boden und dem übrigen Erbe der nationalsozialistischen Heimatpflege zu hören glaubte.

Jetzt, da die Gefährdung der natürlichen Umwelt in den Mittelpunkt des öffentlichen Interesses rückte, sollte das, was man früher Heimat genannt hatte, allerdings keine geographische Lage oder gar einen Gefühlszustand beschreiben, sondern eine politische und moralische Verpflichtung. Wann immer der Unterricht es erlaubte, wurde nun in Fächern wie Erdkunde, Gemeinschaftskunde oder Geschichte gezeigt, dass der

»Nahraum« nicht nur ein Problem in Hinsicht auf die alte Heimat, sondern auch ein Auftrag bezüglich der Zukunft sei. Die Beschäftigung mit der näheren Umgebung, hieß es 1981 im Lehrplan für das Fach Erdkunde, solle doch vor allem die »Bereitschaft zur verantwortungsvollen Mitgestaltung der gegenwärtigen und zukünftigen Welt« erzeugen.

Diese Richtlinie galt auch für die größeren Städte. In der Provinz jedoch, in der von der natürlichen Umwelt mehr zu sehen war als anderswo, wurde dieses neue Programm besonders eifrig umgesetzt. Wir bekamen an unserer Schule nicht nur mathematische und naturwissenschaftliche Grundlagen, zwei Fremdsprachen und eine halbwegs korrekte Rechtschreibung vermittelt. Genauso wichtig war es, dass wir ein möglichst großes Problembewusstsein in Bezug auf unsere Heimat entwickelten, um auf dieser Grundlage dann verantwortungsvoll die Zukunft der gesamten Welt mitzugestalten. »Für uns gibt es, wenn wir einmal die Erde ruiniert haben sollten, keine andere, keine zweite Welt«, mahnte uns der »Öko-Atlas«, von dem es einen ganzen Klassensatz in der Lehrmittelsammlung gab. Das war der Auftrag, den die Schule passend zur apokalyptischen Stimmung für uns bereithielt. Wir sollten die Menschheit retten.

Während der Projektwoche, die einmal im Jahr stattfand, waren diese Bemühungen besonders intensiv. In diesen Tagen lief das schulische Ermittlungsverfahren gegen die Provinz auf Hochtouren. Wir beschäftigten uns in »Arbeitsgruppen« mit dem »sauren Regen« und dem Baumsterben in den Tannenwäldchen am Rand der Stadt, besorgt dokumentierten wir den Fischbestand in einem der Kanäle in der Umgebung und zeichneten grotesk lückenlose Schadstoffkreisläufe nach und analysierten nach einem Besuch in der Druckerei der nächstgrößeren Stadt mit unserem Deutschlehrer die Berichterstattung der Lokalzeitung. Um das Problem- und Verantwortungsbewusstsein in Sachen »Heimat« auch historisch zu stärken, taten sich darüber hinaus die Geschichtslehrer mit den Gemeinschaftskundelehrern zusammen und erforschten die nationalsozialistische Vergangenheit unserer Stadt. Dass sich hier bereits 1932 eine größere Anzahl von Wählern für die NSDAP entschieden hatte, galt als entscheidender Beweis für die Fragwürdigkeit der politischen Gemeinschaft, in der wir aufwuchsen. Man musste aufpassen, der Rechtsextremismus lauerte überall.

Das Lernziel war erreicht. Schwer belastet mit dem Erbe des Nationalsozialismus und der Umweltzerstörung willenlos ergeben war die Provinz genauso wie der Rest der Welt vom Untergang bedroht. Der moralische Imperativ, der sich aus dieser Erkenntnis ergab, war einfach: »think globally, act locally«. Das Motto der amerikanischen Vereinigung Friends of the Earth, das zu einem der erfolgreichsten Slogans auch der deutschen Umweltbewegung geworden war, lieferte eine präzise Beschreibung der Möglichkeiten in der Provinz. Zwar befand man sich, geographisch gesehen, in einer Randlage, trotzdem konnte man mit etwas gutem Willen die Verantwortung für den ganzen Erdball übernehmen.

So bekamen die Fassaden und dicken Mauern unserer Schule in den achtziger Jahren eine neue Bedeutung. Sie sorgten nicht mehr für Distanz gegenüber der näheren Umgebung, sondern symbolisierten das neue Selbstbewusstsein der Provinz, die sich jetzt in einer vor Problemen nahezu gelähmten Welt als Handlungsraum und Rettungsinsel etablierte.

Hier war noch alles möglich. Die sparsamen Erkenntnisse, die wir bei den Ortsbegehungen gesammelt hatten, präsentierten wir am Ende der Projektwoche auf großen Stellwänden in der Pausenhalle. »Unsere Stadt im Dritten Reich« stand in großen Buchstaben über den Tafeln, »Fließgewässer und Schadstoffkreisläufe« oder »Sicherheitsrisiko Kernkraftwerk«. Eine Projektgruppe widmete sich jedes Jahr dem Umweltschutz an unserer Schule und listete die verschiedenen Putzmittel auf, die zur Reinigung verwendet wurden. Unter dem Titel »Landschaftsbild und Spurensicherung« entstanden Collagen unter der Anleitung des Kunstlehrers, der ansonsten für die Verschönerung der Raucherecke zuständig war. Aufgesammelter Müll prangte bedeutungsvoll neben Grashalmen und Blättern von Bäumen.

Am Nachmittag fand ein Schulfest statt, bei dem die Eltern die Ausstellung besichtigten, und am Montag darauf räumte der Hausmeister die Stellwände wieder zur Seite. Die Papptafeln mit unseren Ergebnissen trug er in den Keller. Hier sammelte sich mit den Jahren eine beinahe lückenlose Dokumentation sämtlicher ökologischer und gesellschaftlicher Missstände an, die man in der näheren Umgebung hatte aufspüren können. Schließlich übergab der Hausmeister das gesamte Material den Mitarbeitern einer Recyclingfirma. So weit reichte das Verantwortungsgefühl auch jetzt noch.

Uns waren in den Jahren davor allerdings schon die ersten Zweifel daran gekommen, ob wir nicht doch einen anderen Auftrag hatten, als aus der Provinz heraus die Welt zu retten. Spätestens als mit dem Unglück von Tschernobyl einer der vielen Ernstfälle eingetreten war, mit denen wir uns in der Projektwoche immer wieder beschäftigt hatten, verloren wir das Vertrauen in die Apokalypse. Es gab den Planeten Erde nur ein einziges Mal, allerdings schien er ziemlich robust zu sein. Offenbar musste man sich um den Lauf der Welt nicht allzu sehr sorgen. Stattdessen konnte man sich in seiner Heimat, die genauso gut oder schlecht wie jede andere Heimat war, um den eigenen Lebenslauf kümmern. Wir begannen, die Verantwortung, die wir bisher für die Welt empfunden hatten, fröhlich auf uns selbst zu richten. Das Projekt, um das es von nun an ging, trug den Titel »Ich«.

IM TRAININGSLAGER

In der Provinz war jede Bewegung auf einen bestimmten Punkt hin ausgerichtet. Man fuhr mit dem Fahrrad zur Schule oder dem Auto zur Arbeit, und schon die kleinen Kinder im Neubaugebiet organisierten Wettrennen mit ihren Dreirädern und Kettcars. Die Erwachsenen unternahmen am Wochenende sorgfältig ausgearbeitete Radtouren, die sie in einer genau berechneten Kreisbewegung unausweichlich in die Stadt zurückführten, und bei einem Familienausflug fuhr man mit dem Auto an einen zwanzig Kilometer entfernten See, an dem es sonntags von Menschen nur so wimmelte.

Der kleine Park, der inmitten unserer Stadt lag, war dagegen fast immer menschenleer. Er wurde höchstens als Abkürzung benutzt, wenn man von der Fußgängerzone aus zu einem Bäcker oder Fleischer auf der anderen Seite der Grünanlage wollte und es wieder einmal schnell gehen musste. Und schnell musste es eigentlich immer gehen, obwohl die meisten Menschen hier jede Menge Zeit hatten. Es war wie ein physikalisches Gesetz, das man bei uns in der Provinz unter Laborbedingungen beobachten konnte. Ein Körper durfte niemals zur Ruhe kommen, weil er sonst aufgrund der eigenen Masseträgheit in sich selbst zusammenfallen würde.

Der Sport nahm in unserer Stadt darum einen hohen Stellenwert ein, und die Bundesjugendspiele waren neben der Projektwoche der zweite Höhepunkt des Schuljahres. Einen Vormittag lang mussten wir auf dem Sportplatz nach einem komplizierten System verschiedene Wettkämpfe absolvieren. Wer am schnellsten gelaufen, am weitesten gesprungen und in allen möglichen anderen Disziplinen ebenfalls besonders gut abgeschlossen hatte, bekam einige Wochen später eine sogenannte Ehrenurkunde. Sie war vom Bundespräsidenten persönlich unterschrieben worden und diente als Beleg dafür, dass man mit sportlicher Betätigung sogar hier, am Rande der Republik, die Aufmerksamkeit höherer Staatsgewalt auf sich ziehen konnte.

Die Schule war ein nur kleiner Punkt im dichten Netzwerk der sportlichen Aktivitäten. Bereits für die drei- oder vierjährigen Kinder waren Gruppen eingerichtet worden, die unter dem Namen »Kükenturnen« einen feinfühligen Einstieg in die harte Welt des Sports versprachen. Spätestens, wenn man in die Schule kam, trat man dann einem regulären Sportverein bei. Man konnte Basketball spielen und Volleyball, Handball, Tischtennis und Badminton. Leichtathletik und Schwimmen gehörten natürlich ebenfalls zum Programm.

Die eine oder andere Sportart, die sich in den achtziger Jahren mehr und mehr durchsetzte, schien wie gemacht für den ländlichen Raum. Während das Jogging zum Freizeitvergnügen derjenigen Großstädter wurde, die in den öffentlichen Grünanlagen ihren gesunden Lebensstil zur Schau tragen wollten, war der Cross-Lauf eine naturgemäß provinzielle Art der körperlichen Betätigung – nur hier gab es die nötigen verschlammten Waldwege, auf denen man wochenends die Wettkämpfe austragen konnte. Auch der Triathlet fand auf dem Land die idealen Voraussetzungen: einsame Laufstrecken, Seen zum Durchschwimmen und weitgehend autofreie Straßen, auf denen man ungestört Rad fahren konnte.

In den drei Sporthallen unserer Stadt, rund um den Fußballplatz und im Schwimmbad, das mit wettkampftauglichen Fünfzig-Meter-Bahnen und einem olympiareifen Sprungturm nachgerüstet worden war, herrschte genauso wie auf den Feldwegen und in den Waldgebieten ständig Betrieb. Die natürliche Umgebung wurde zum Schauplatz eines Wettkampfes, die Heimat zum Trainingslager.

Mitte der Achtziger fand eine Verschiebung der öffentlichen Aufmerksamkeit statt. Nachdem der aus dem kleinen Provinzort Leimen stammende Teenager Boris Becker das Wimbledon-Turnier gewonnen hatte, wurde plötzlich die Anlage unseres Tennisvereins zum Zentrum der sportlichen Aktivitäten. Lars, der mit uns zur Schule ging, setzte damals zum ersten Karrieresprung seines Lebens an.

Die Tennisanlage befand sich am Rand der Stadt, zwischen dem Krankenhaus und einem Waldstück. Hinter einigen Bäumen und einer Hecke stand die

Halle, die mit ihrem runden, bis auf den Boden herabgezogenen Dach das Aussehen eines überdimensionalen Gewächshauses hatte. Daneben waren drei Spielfelder angelegt worden, mit hohen Zäunen aus Maschendraht, die am unteren Rand mit Werbeplanen abgehängt worden waren. Die Zäune sollten zu hoch geschlagene Bälle abfangen, gleichzeitig markierten sie aber auch eine soziale Grenze. Tennis war ein exklusiver Sport, und die Mitglieder des Tennisvereins wollten sich deutlich von ihrer Fußball und Basketball spielenden Umgebung abgrenzen. In blütenweißer Kleidung spielte der Richter gegen den Zahnarzt und die Frau des Schuldirektors gegen die Besitzerin des Kosmetikstudios. Hier trafen sich Anwälte, Steuerberater und der eine oder andere Lehrer. Und der Rotary Club rekrutierte im Clubraum des Tennisvereins neue Mitglieder.

Tennis war keine Sportart, sondern ein Gesellschaftsspiel. Wer nicht mitspielen durfte, versuchte zu übersehen, dass es überhaupt stattfand. Das änderte sich abrupt mit dem Sieg Boris Beckers. Plötzlich wollte auch in unserer Stadt jeder Bälle schlagen, und der Verein musste jede Menge Anfängerkurse und Kindergruppen einrichten. Aus dem exklusiven Gesellschaftsspiel wurde ein Breitensport, und der eingezäunte Tennisplatz am Rande der Stadt verwandelte sich von einem Reservat der Besserverdienenden zum Ausgangspunkt vollkommen neuer Karrieremöglichkeiten. Der Vektor der gesellschaftlichen Bewegung hatte sich neu ausgerichtet: auf ein Ziel, das zwar in einiger Entfernung lag, doch erreichbar schien. Wer heute sein Kind zum Schnuppertraining schickte, sah es schon morgen mit dem Schläger in der Hand auf einem Rasenplatz bei London stehen. Die Strecke von Leimen nach Wimbledon, von der Kleinstadt in die große Welt war überschaubar geworden.

Die Mitglieder, die schon etwas länger dabei waren, hatten einen gewissen Vorsprung bei diesem neuen Wettlauf, der, wenn nicht sie selbst, doch wenigstens ihre Kinder direkt aus der Provinz herausführen sollte. Lars war vier Jahre jünger als Boris Becker und hatte immerhin schon das eine oder andere Turnier auf der Kreisebene halbwegs erfolgreich überstanden. Noch am Abend des Wimbledon-Sieges wurde er von seinen Eltern zum neuen Hoffnungsträger der Kleinstadtwelt erkoren. Von nun an achteten sie peinlich genau darauf, dass er keine einzige Trainingsstunde ausließ. Wenn am Sonntag ein Turnier anstand, durfte er Samstagabend nicht aus dem Haus gehen, und außerhalb der Trainingsstunden und Hausaufgaben hatte Lars jetzt nur noch wenig Zeit.

Eine Zeit lang spielte er mit und trug seinen Trainingsanzug aus knitterfreier Nylonfaser sogar in der Schule. Am Wochenende fuhren seine Eltern ihn in ihrem BMW zu den Turnieren in die Städte der Umgebung. Sie trugen bei diesen Ausflügen ebenfalls Trainingsanzüge, und während Lars spielte, saßen sie in der Bar des jeweiligen Tennisclubs und beobachteten ihn durch die Glasscheibe. Nach dem Spiel besprachen sie sich mit seinem Trainer, und wenn Lars einmal nicht ganz so gut in Form war, waren sie sich einig, dass »mental« etwas schief gelaufen sein musste.

»Mental« war eines der Lieblingswörter Boris Beckers. Er baute es damals in fast jedes Interview ein und bestärkte die Zuschauer vor den Fernsehgeräten in ihrer Ahnung, dass Erfolg weniger einer körperlichen Leistung geschuldet war als einer geistigen Haltung. Diese Vorstellung hatten nicht nur Lars' Eltern bereitwillig aufgenommen. »Streng dich an. Es geht um deine Zukunft«, diesen Satz hörte man damals ziemlich häufig, auch wenn man nicht Tennis spielte.

Darum hatten die meisten von uns auch am Nachmittag einen dichten Stundenplan, der die Freizeit einer strengen Ordnung unterwarf. Am Montag und Mittwoch Sport, dienstags Geigenunterricht in der Musikschule, freitags Orchesterprobe und Donnerstag Nachhilfe, damit auch die Schule nicht zu kurz kam. Reitunterricht gab es natürlich auch. Am Wochenende fuhr man dann entweder zu einem Turnier oder einem Vorspielen – in der Hoffnung, auf einer der regionalen Ranglisten so weit nach oben zu klettern, dass man über den Rand der Provinz hinausblicken konnte.

In der Schule versuchte man uns beizubringen, vor Ort die Verantwortung für die Zukunft der ganzen Welt zu übernehmen. Am Nachmittag und am Wochenende lernten wir auf dem Tennisplatz und an den anderen Stationen im großen Trainingslager Provinz das, was wirklich zählte. Wir lernten, Verantwortung für unsere eigene Zukunft zu übernehmen, und entwickelten die feste Überzeugung, dass die Welt nur auf uns wartete. Diese Überzeugung haben wir nie wieder verloren, und sie hat uns zu dem gemacht, was wir sind: die erste Generation, die die Provinz nicht mit einem Minderwertigkeitsgefühl verließ, sondern mit einem maßlos übersteigerten Selbstbewusstsein.

Die meisten Trainingsprogramme haben wir allerdings nicht lange durchgehalten. Lars zumindest entdeckte bereits einige Wochen, nachdem Boris Becker im zweiten Jahr das Finale in Wimbledon siegreich entschieden hatte, seine Vorliebe für Beck's Bier und Heavy Metal. Er tauschte seinen Trainingsanzug und sein weißes Lacoste-Hemd gegen ein schwarzes Iron-Maiden-T-Shirt und eine gestreifte Stretch-Jeans und beschloss, Rockmusiker zu werden. Erst gab es Ärger, dann fanden seine Eltern sich damit ab. Einige Monate später kauften sie ihm ein Schlagzeug. Natürlich gleich ein richtig gutes.

HEIMATKUNDE: BORIS BECKER

Boris Becker war in Leimen aufgewachsen, einer Stadt mit gerade einmal 25.000 Einwohnern. Leimen, das zwischen Heidelberg und Mannheim liegt, hatte zuvor außer verschiedenen Weinhügeln nur wenig vorzuzeigen. Immerhin gab es hier mehrere Sportanlagen, darunter auch das von nun an legendäre »Landesleistungszentrum Tennis«. Die Anlage, auf der auch der TC Blauweiß Leimen trainierte, war von dem Architekten und begeisterten Tennisspieler Karl-Heinz Becker geplant worden, dem Vater des späteren Superstars.

Boris trainierte schon früh beim TC Blauweiß und nahm bereits mit neun Jahren an einem Sichtungsturnier des Deutschen Tennis Bundes in Biberach teil. Das Ergebnis war entmutigend. »Mangelhafte Beinarbeit, extreme Griffhaltung«, urteilte Cheftrainer Richard Schönborn. Trotzdem ging es aufwärts. Zusammen mit der etwa gleichaltrigen Steffi Graf siegte Becker Anfang der achtziger Jahre beim »Jüngsten Tennis Cup« in Brühl und wurde gleich dreimal deutscher Juniorenmeister. 1984 gewann sein Trainer Günther Bosch den Manager Ion Tiriac für eine Zusammenarbeit. Jetzt wurde es ernst. Becker verließ das Gymnasium mit der mittleren Reife und der Option, nach zwei Jahren wieder in die Schule zurückkehren zu dürfen, falls es mit der Profi-Karriere nichts werden sollte. Mit dem Direktor und der Schulbehörde wurde man sich schnell einig. In einer Kleinstadt sind die Amtswege kurz.

Nach dem Sieg in Wimbledon im Jahre 1985 wechselte Becker das erste Mal in seinem Leben den Wohnort. Er zog ins Steuerparadies Monte Carlo, wo er zunächst einmal die Spielregeln der Provinz auf die Welt der High Society übertrug und sich standesgemäß in ein Mädchen aus gutem Hause verguckte: in Bénédicte Courtain, die Tochter des lokalen Polizeichefs. Diese Verbindung währte jedoch nicht allzu lange, und als Becker sich kurze Zeit später erneut verliebte, führte das zu einem größeren Bruch mit seiner Heimat als der Umzug nach Monte Carlo. Seine neue Freundin Karen Schultz lebte in Hamburg, studierte Anglistik und war Beckers erster Flirt mit der Großstadt. Die beiden zogen von einer Party zur nächsten, und Becker bekundete öffentlich Sympathie mit den Bewohnern der besetzten Häuser in der Hafenstraße. Nicht nur in Leimen war man irritiert.

Auch Boris Becker war nicht frei von dem Verantwortungsgefühl, das die Kinder der modernen Provinz eingeimpft bekommen hatten. In den ersten zwei oder drei Jahren nach seinem Erfolg in Wimbledon habe er davon geträumt, die Welt zu verbessern, erinnerte er sich später in einem Interview. Gelegenheiten boten sich ihm genug. So folgte auf die Solidaritätsbekundung mit den Hamburger Hausbesetzern das Engagement für das Kinderhilfswerk Unicef. Becker unternahm als »Sportbotschafter« Reisen in die Dritte Welt und jettete in der Ersten Welt zur gleichen Zeit von einem Tennisturnier zum nächsten. Die Beinarbeit hatte sich erheblich verbessert, der Rest wurde jetzt mit dem Flugzeug erledigt. Boris Becker hatte es geschafft. Er hatte den kleinen Ort, in dem er geboren wurde, gegen die große Welt getauscht. Oder, um es mit den Worten zu sagen, die ihm sein Manager Ion Tiriac immer wieder mahnend ins Ohr flüsterte: »You came a long way, baby.«

Nach den ersten Niederlagen rückte Becker ein weiteres Stück von seinen Ursprüngen ab und trennte sich von seinem Trainer und Mentor Günther Bosch. Er erlebte seine erste große Krise, dann ging es wieder aufwärts. 1989 siegte er ein drittes Mal in Wimbledon, gewann die US-Open und sicherte sich und dem deutschen Team den Davis-Cup-Pokal. Gleichzeitig wurden die Interviews nachdenklicher. Anfang der neunziger Jahre, nachdem er im Wimbledon-Finale seinem Konkurrenten, dem Hamburger Tennisspieler Michael Stich, unterlegen war, berief Becker sich zum ersten Mal wieder auf seine Heimat: »Michael Stich ist das krasse Gegenteil von mir. Ich bin von der zehnten Klasse weg, er hat Abitur. Er ist Hamburger, ich bin aus der Provinz.«

In Interviews schwärmte er nun von seinen Schulfreunden, die in Leimen geblieben waren und für Becker immer eine Portion Gewöhnlichkeit im Superlativ bereithielten. »Der eine ist Bäcker geworden, der andere Friseur. Und das kann ich Ihnen sagen«, erklärte er den Reportern des Spiegel: »Die behandeln mich noch am normalsten.« Becker lebte zwischen zwei Welten. Er vermisste das einfache Leben der Heimat und wusste, dass es dennoch keinen Weg zurück gab: »Um mich weiterentwickeln zu können, muss ich raus und Erfahrungen auf der eigenen Haut machen.«

Trotzdem heiratete er Barbara Feltus im Jahre 1993 in Leimen und verbrachte mit ihr ein paar Tage an dem Ort seiner Kindheit und kurzen Jugend. Für die Hochzeitsnacht buchte das Paar noch ein Zimmer im Schlosshotel Bühlerhöhe im benachbarten Schwarzwald, doch schon am nächsten Morgen ging es wieder zurück in die Welt des internationalen Tennis.

Zwei Jahre später engagierte sich Becker noch einmal in der Provinz. Diesmal führte es ihn allerdings nicht in die baden-württembergische Heimat. Der Tennis-Star erwarb zwei Mercedes-Benz-Niederlassungen in Mecklenburg-Vorpommern und ließ dort seinen guten Namen Autos verkaufen – zur Freude der Einheimischen, deren Lieblingsbeschäftigung am Sonntagnachmittag genau wie bei den Bewohnern der westlichen Provinz darin bestand, die Verkaufsausstellungen der ortsansässigen Autohäuser abzuklappern.

Mit dem Tennis ging es in den kommenden Jahren bergab. 1997 erklärte Boris Becker zum ersten Mal das Ende seiner Karriere. Er überlegte es sich dann jedoch noch einmal anders und schied erst 1999 nach einer erneuten Niederlage in Wimbledon endgültig aus dem aktiven Sportleben aus. Zeit, sich niederzulassen.

Boris Becker fand im Internet eine neue Heimat. Er beteiligte sich nicht nur an dem E-Commerce-Unternehmen Sportgate, sondern unterschrieb auch bei dem in den neunziger Jahren äußerst erfolgreichen Provider AOL Deutschland einen Vertrag für die Werbekampagne »zuhause@aol.com«. Aus dem Tennisprofi wurde nun der Star eines Werbespots, der angesichts einer flotten Internetverbindung immer wieder die gleiche Frage stellen durfte: »Bin ich schon drin?« Nachdem er fünfzehn Jahre zuvor für viele Menschen in Deutschland gezeigt hatte, wie kurz der Weg zwischen Leimen und Wimbledon ist, ließ Boris Becker als Internetbotschafter die Welt nun noch einmal etwas kleiner werden. Wer online ist, ist überall zu Hause.

Im wirklichen Leben musste die Frage, wo Boris Becker zu Hause ist, zuletzt vor Gericht entschieden werden. Als seine Ehe mit Barbara Becker Ende 2000 geschieden werden sollte, stritten sich die Anwälte der beiden Parteien darum, ob nun München oder Miami der Lebensmittelpunkt der Familie sei. Den Ehevertrag, der sieben Jahre zuvor in Leimen unterzeichnet worden war, berührte diese Frage allerdings nicht. In ihm war ausdrücklich festgehalten worden, dass die Vereinbarungen zwischen den beiden Parteien weltweit gültig seien. Boris Becker war der Provinz ein für alle Mal entkommen.

SOZIALARBEITER UND GELEGENHEITSKIFFER

Raimund war noch ein Kind der alten Provinz und kam aus einer traditionsbewussten Familie. Als er Anfang der sechziger Jahre geboren wurde, war sein Großvater, der langjährige Leiter der örtlichen Sparkasse unserer Stadt, gerade in den Ruhestand versetzt worden. Vorher hatte er noch alle Hebel in Bewegung gesetzt, um Raimunds Vater zu seinem Nachfolger zu machen. Der nahm das Angebot dankend an. Wenn er später gefragt wurde, ob er mit seinem Posten in der kleinen Stadt zufrieden sei oder sich doch irgendwann beruflich verbessern wolle, pflegte er zu sagen: »Ich bin lieber hier der Erste als der Zweite in Frankfurt am Main.«

Dem Traditionsbewusstsein seiner Familie war es auch geschuldet, dass Raimunds pensionierter Großvater dem Enkel gerne die eine oder andere Anekdote aus seinem Soldatendasein im Zweiten Weltkrieg erzählte. Als der Vorrat dieser Geschichten zur Neige ging, wurde Raimund zu einem begeisterten Leser von Landser-Heften. Zunächst beschäftigte es ihn nicht weiter, dass ihn seine Interessen zu einem »Rechten«

machten. Erst als er 1970 auf das Gymnasium kam, begann er, über Politik nachzudenken. Raimund wurde gerade noch zum Zuschauer der ideologischen Kämpfe, die in der Nachfolge der Achtundsechziger-Bewegung auch in unserer Stadt Einzug gehalten hatten. Die Fronten waren einfach. Die Schüler waren in der Mehrzahl »links«, das Lehrerkollegium wurde als »reaktionär« eingestuft. Der Direktor der Schule war sogar ein »Nazi« und außerdem, wie es eines Morgens ein Graffito an der Schulmauer verkündete, ein »Sex-Muffel«.

Nachdem Raimund diese Auseinandersetzungen einige Zeit interessiert verfolgt hatte, wuchs in ihm die Gewissheit, dass es zwischen »links« und »Nazi« noch Raum für andere politische Auffassungen geben musste. Also trat er Mitte der siebziger Jahre in die Schüler-Union ein und warb anschließend am Gymnasium gleich vierzig neue Mitglieder. Die Landespartei wurde auf seine Erfolge aufmerksam, und als Raimund sechzehn Jahre alt war, reiste er als CDU-Nachwuchs-Agitator von einer niedersächsischen Schule zur nächsten. Seine politischen Überzeugungen, die sich vor allem an der DDR und der Bedrohung der freiheitlich-demokratischen Grundordnung durch den Sozialismus abarbeiteten, brachte er zugleich in einer von ihm selbst gegründeten Schülerzeitung zum Ausdruck.

Zu größeren Problemen mit Raimunds weiterhin überwiegend linken Mitschülern führte das nicht. In der politischen Szene unserer Stadt war es nicht zu den tiefen Zerwürfnissen und Zersplitterungen gekommen, mit denen die Aktivisten in Frankfurt und Berlin zu kämpfen hatten. Das provinzielle Schicksal, die gesellschaftlichen Auseinandersetzungen nur vom Rand her verfolgen zu können, schweißte zusammen. Selbst eindeutige ideologische Differenzen wurden nicht persönlich genommen, und es war nicht weiter verwunderlich, dass Raimund genau wie einige Sozialisten, Anarchisten und Gelegenheitskiffer zum Aktionskreis JZ gehörte. Ob rechts oder links, in dieser Angelegenheit war man einer Meinung. Die Stadt brauchte ein Jugendzentrum.

Im Aktionskreis traf Raimund auch auf Bernd, der ein paar Jahre älter war und aus einem der Dörfer stammte. Bernd, der sich den Jusos nahe fühlte, hatte sein Abitur bereits gemacht und studierte nun an der Fachhochschule in der nächsten größeren Stadt Sozialpädagogik. Er war überzeugter Aktivist. Am Wochenende organisierte er darum zusammen mit anderen Studenten vor den Rathäusern der Kleinstädte der weiteren Umgebung Protestkundgebungen, bei denen es um die Forderung ging, dass jede Stadt nicht nur ein Jugendzentrum, sondern auch gleich einen hauptamtlichen Jugendpfleger bekommen sollte.

Bernd war damit so beschäftig, dass er es fast nicht bemerkt hätte, als seine Forderungen zumindest in seiner Heimatstadt erfüllt wurden. Der Aktionskreis JZ erhielt die Erlaubnis, am Rand der Stadt ein selbst verwaltetes Jugendzentrum einzurichten. Es bekam den Namen Treibhaus und bestand aus einem ehemaligen

Eisenbahnwaggon und einer notdürftig beheizbaren Bretterbude mit einigen Sesseln vom Sperrmüll. Kurze Zeit darauf wurde dann tatsächlich die Stelle eines hauptamtlichen Jugendpflegers ausgeschrieben. Bernd war damals gerade mit seinem Studium fertig. Er bewarb sich und wurde genommen.

Als erste Amtshandlung musste er 1980 das Treibhaus schließen, das sich einen zweifelhaften Ruf als regionaler Drogenumschlagplatz zugezogen hatte. Bernd hatte Skrupel, doch seine früheren Streitgefährten verziehen ihm seine Entscheidung schnell. Die meisten von ihnen hatten die Stadt ohnehin längst verlassen. Es gab inzwischen wichtigere Dinge, um die man sich kümmern musste.

Das wusste auch Raimund, der sich in den letzten zwei, drei Jahren seiner Schulzeit selbst links überholt hatte. Noch ganz überzeugter Schüler-Unionist hatte er mit der Idee, den Gegner besser verstehen zu können, ein Seminar der Friedrich-Ebert-Stiftung in Bonn besucht. Dort hatte er die Bekanntschaft einiger sympathischer Kernkraftgegner gemacht. Sie hatten Raimund mit den damals noch aus Dänemark importierten Anti-AKW-Aufklebern ausgestattet und seinen Kämpfergeist in neue Bahnen gelenkt. In seiner Schülerzeitung propagierte Raimund von nun an den Ausstieg aus der Kernenergie, und die Beiträge, in denen er sich der roten Gefahr widmete, wurden kürzer und verschwanden zuletzt ganz.

Nachdem Raimund Abitur gemacht hatte, ging er

nach Berlin und schrieb sich an der Freien Universität im Fachbereich Jura ein. Die Wahl seines Studienfaches lag noch ganz auf dem Weg, den er vor seiner ideologischen Wandlung eingeschlagen hatte, und war ganz im Sinne seiner Familie. Von der Idee, irgendwann mithilfe der guten Kontakte seines Vaters in der Heimatstadt eine eigene Anwaltskanzlei aufzumachen, hatte sich Raimund allerdings bereits gelöst. In freien Seminaren und politischen Arbeitsgruppen innerhalb und außerhalb der Universität rüstete er sich stattdessen für den Kampf um eine Gesellschaft, in der Rechtsanwälte gar nicht mehr nötig wären. Er liebäugelte mit dem Anarchismus, und der erste Schritt hinein in den rechtsfreien Raum war sein Umzug in ein besetztes Haus in Kreuzberg.

Raimund fühlte sich in Berlin zu Hause. Er reiste nur noch dann in die westdeutsche Provinz, wenn in Bonn oder Köln eine wirklich große Demonstration stattfand oder es auf dem Gelände der geplanten Startbahn West oder in Brokdorf eine Schlacht zu schlagen gab. Es war anders als in den Erzählungen seines Großvaters, aber auch Raimund hatte jetzt seinen Krieg.

Am Rand einer mehr oder weniger friedlichen Sitzblockade traf er eines Tages sogar Bernd wieder, der ihm von den kleinen Kämpfen in der Heimat erzählte: mit der trägen Bürokratie, den phantasielosen Kommunalpolitikern und Jugendlichen, die nur schwer für seine Angebote zu begeistern waren. »Du kannst dir das wahrscheinlich vorstellen«, sagte Bernd. Raimund stellte fest, dass er es sich nicht vorstellen konnte, und er war froh darüber.

Bernd nahm im Verlauf der achtziger Jahre immer seltener an Demonstrationen teil. Seine Arbeit war anstrengend, und nachdem erst seine Mutter und dann sein Vater gestorben waren und er ihr Haus geerbt hatte, beschäftigte er sich am Wochenende mit Renovierungsarbeiten. Er heiratete seine langjährige Freundin, und die beiden bekamen eine Tochter. Bernd richtete sich ein. Er hatte sich nie dafür entschieden, daheim zu bleiben, es war einfach so passiert. Außerdem sah es zu Hause längst nicht mehr so aus wie früher. Wenn er morgens mit dem Auto zur Arbeit fuhr, konnte Bernd beobachten, wie sich das kleine Dorf, in dem er aufgewachsen war, durch ein stetig wachsendes Neubaugebiet in eine große Wohn- und Schlafsiedlung verwandelte.

Auf Fortbildungen tauschte Bernd sich mit Kollegen aus, die ebenfalls in kleinen Städten und auf dem Land arbeiteten. Sie waren sich einig, dass die Ausgangsbedingungen für Jugendarbeit eigentlich ausgesprochen gut waren. Geld und Stellen waren ausreichend vorhanden. Trotzdem hatten sie das Gefühl, mit ihrem Engagement ins Leere zu laufen. Die Kinder und Jugendlichen, mit denen sie arbeiteten, schienen sie vor allem als Dienstleistungsunternehmer in Sachen »Freizeit« zu betrachten. Eine Kollegin kopierte ihm auf einer dieser Fortbildungen ein Gedicht von Erich Fried mit dem Titel »Ich soll mich nicht gewöhnen«.

Bernd hängte es in seinem Büro an der Pinnwand auf.

Genau zehn Jahre, nachdem er das Treibhaus geschlossen hatte, bekam die Stadt ein neues Jugendzentrum. Es sah aus wie ein modernes Einfamilienhaus, mit strahlend roten Dachziegeln und weißen Fensterrahmen. Im Innern standen keine Sessel vom Sperrmüll, sondern Ikea-Sofas mit abwaschbaren Bezügen. Es gab einen Billardtisch, einen Kicker und einen Computer-Arbeitsplatz mit Internetanbindung. Das Thema Selbstverwaltung war gar nicht mehr angesprochen worden. Der Aktionskreis war längst eingegangen, und das neue Jugendzentrum, das einfach nur Jugendzentrum hieß, war auf die Initiative einiger Ratsherren und Ratsfrauen hin eingerichtet worden. Sie waren der Überzeugung, dass eine entsprechende Einrichtung zum Angebot einer attraktiven Kleinstadt dazugehörte.

Es waren dieselben Kommunalpolitiker, die wenige Zeit später die Einrichtung einer McDonald's-Filiale an der Autobahnauffahrt begrüßen sollten. Dort trafen sich Raimund und Bernd Anfang der neunziger Jahre noch einmal. Bernd war mit seiner Tochter hier, und Raimund, der zu Besuch bei seinen Eltern war, wollte sich persönlich davon überzeugen, dass auch in seinem Geburtsort der Kampf gegen den amerikanischen Kulturimperialismus verloren war. Er erzählte Bernd, dass er nach gut zehn Jahren Studium seine Zulassung als Rechtsanwalt beantragen würde. Er hatte wieder einmal einen ideologischen Schwenk vollzogen. Die Zeit der Kämpfe war vorbei. Raimund hatte sich damit abgefunden, dass in der Gesellschaft, in der er lebte, auch in der nahen Zukunft noch Rechtsanwälte gebraucht würden.

»Aber du bleibst in Berlin?«, fragte Bernd.

Raimund sagte: »Sicher.« Er zögerte. »Nur aus Kreuzberg muss ich langsam raus. Da lebt man wie in einem Dorf.«

NATÜRLICH SELBST GEMACHT

Früher nannte sich der Laden Bastelparadies. Er lag in der Fußgängerzone, zwischen dem Süßen Kaufhaus und der Sparkasse. Hier gab es, wie der Name schon sagte, ausschließlich und in großer Auswahl Material und Zubehör zu kaufen, das man beim Basteln, bei Handarbeiten oder ähnlichen Beschäftigungen benötigte: Häkelgarn und Strickwolle, Tonpapier und Wellpappe, Modelliermasse, Farben und Pinsel.

Mit jedem neuen Hobby-Trend gelangten weitere Materialien in die Auslagen des Bastelparadieses. Auf die verschiedenfarbigen Fäden, die man für Makramee-Arbeiten brauchte, folgten die hölzernen Frühstücksbrettchen, in die man Muster und Namenszüge hineinbrennen konnte, und kurz darauf kamen dann die Farben für die Glasmalerei. Ab November hing im Schaufenster Adventsschmuck, und im Frühjahr, wenn die meisten Hochzeiten stattfanden, konnte man sich im Laden über neue Techniken zur Herstellung von künstlichen Blumen aus Krepp-Papier informieren.

Kerstins Mutter, die halbtags als Sekretärin in der AOK-Filiale arbeitete, gehörte zu den langjährigen Kundinnen im Bastelparadies. Aufmerksam verfolgte sie die wechselnden Moden, nahm an Einführungskursen in neue Techniken teil und vertiefte an der Volkshochschule ihre Fertigkeiten im Töpfern und in der Handarbeit. Ihre Familie trug selbst gestrickte Socken und Pullover, und ihre Verwandten konnten längst mehr als nur ein Haus mit kunstvoll bemalten Kacheln, Gestecken aus Trockenblumen und Wandteppichen dekorieren. Auch im Bekanntenkreis verschenkte Kerstins Mutter die Produkte ihrer jeweils neuesten Leidenschaft. Da die meisten ihrer Freundinnen ähnliche Neigungen hatten, kam es zu einem regen Tauschverkehr von unnützen, aber liebevoll angefertigten Gegenständen.

Zusammen mit dem Baumarkt im Gewerbegebiet war das Bastelparadies die Grundlage dafür, dass es in unserer Stadt nie langweilig wurde. Während die Kulisse der kleinen Städte mit ihren Tankstellen, Videotheken und Sonnenstudios in den achtziger Jahren immer künstlicher und austauschbarer wurde und die Neubaugebiete ein Dorf nach dem anderen eingemeindeten, versicherte man sich mithilfe des Bastelladens weiterhin der Originalität der Welt: »Selbst gemacht?« – »Selbst gemacht.«

Dieses Vertrauen in die eigenen schöpferischen Kräfte wurde im Kindergarten und in der Grundschule an die nachwachsende Generation weitergegeben. Kerstin gehörte in der Grundschule zu den Eifrigsten. Sie schnitt Muster in Karton und klebte farbiges Seidenpapier dahinter, formte Tierfiguren aus Salzteig und töpferte Aschenbecher und Kerzenständer. Erst als sie auf das Gymnasium kam, legte sich ihre Begeisterung für diese Art von Bastelarbeiten.

1985 erlaubte sich die trendbewusste Besitzerin des Bastelparadieses ein größeres Zugeständnis an den Zeitgeist und benannte ihr Geschäft in Kreativlädchen um. Im gleichen Jahr begann Kerstins Mutter, sich mit Seidenmalerei zu beschäftigen, und stieg für einige Monate in die Produktion von rötlich-blauen Halstüchern ein, während Kerstin ihr eigenes kreatives Potenzial entdeckte. Das Evangelische Bildungswerk hatte in einem Seminarhaus ganz in der Nähe einen »Schnupperkurs Rhetorik« angeboten, und weil sie als Klassensprecherin dafür zwei Tage schulfrei bekam, meldete sich Kerstin an.

Zusammen mit fünfzehn anderen Klassensprechern, die aus den Schulen der Umgebung kamen, erfuhr sie so erstaunliche Dinge wie die Tatsache, dass die Körpersprache mehr über einen Redner sagt als seine Worte oder dass man seine Argumente, wenn sie überzeugend wirken sollen, immer schön strukturieren muss. »Ihr müsst euch gut verkaufen, das ist der ganze Trick«, sagte der Seminarleiter, ein jugendlich wirkender Enddreißiger, der eigentlich Lehrer hatte werden wollen.

Kerstin hatte bisher noch keine Rede gehalten und würde auch in nächster Zeit keine halten müssen. Trotzdem hatte sie das Gefühl, auf dem Rhetorikseminar etwas Entscheidendes gelernt zu haben. Es gab Wichtigeres zu formen als Salzteig, Ton und Modelliermasse. Zum Beispiel ihre eigene Zukunft.

Mit den Fertigkeiten, wie ihre Mutter sie beständig neu erlernte oder verbesserte, würde sie nichts anderes erreichen, als irgendwann zum aktiven Bewohner des großen Bastelparadieses Provinz zu werden. Kerstin war alt genug, um zu wissen, dass der attraktivere Teil der Welt außerhalb der Grenzen dieses Paradieses lag. Und dort würde sie sich, wie der Seminarleiter es ausgedrückt hatte, eben gut verkaufen müssen.

Also begann Kerstin ihren eigenen, gerade im Entstehen begriffenen Lebenslauf mit allerlei verkaufsfördernden Aktivitäten auszuschmücken. Sie tat das mit der gleichen Ausdauer, mit der ihre Mutter sich für immer neue dekorative Basteltechniken begeistern konnte.

Die Bedingungen dafür hätten besser nicht sein können. Ein dichtes Netz aus Seminarhäusern in kirchlicher Trägerschaft, gewerkschaftlichen Fortbildungszentren und Parteistiftungen überzog die Provinz und vereinte sich mit den Angeboten der amtlichen Jugendpflege zu einem breiten Spektrum an Möglichkeiten. Auf die »Schnupperkurse« in Rhetorik oder Ethik folgten die »Theaterwerkstätten« und »Videowerkstätten«, und schon die Titel dieser Veranstaltungen wiesen auf die Ernsthaftigkeit des gesamten Unternehmens hin. Es ging weniger darum, eine Theaterrolle einzustudieren oder einen verwackelten Film zu produzieren, als darum, das eigene Ich wie ein Holzstück an der Schnitzbank in Form zu bringen.

Das reichhaltige Angebot für junge Leute ging nicht zuletzt auf die Anstrengungen zurück, die in den siebziger Jahren im Zeichen des gesellschaftlichen Engagements unternommen worden waren. Damals hatte sich die Forderung nach Chancengleichheit und Bildung mit der Auffassung ergänzt, dass jeder Mensch ein kreatives Wesen sei, und gerade in der vermeintlich rückständigen Provinz wollte man nun »etwas bewegen«.

Von dem gesellschaftlichen Engagement war allerdings bei den meisten Mitarbeitern der Jugendpflege und anderer Einrichtungen nur noch wenig übrig geblieben. Ihrer Klientel, den Jugendlichen, ging es ganz ab. Sie waren Aktivisten in eigener Sache geworden, die in der von älteren Brüdern und Schwestern modernisierten Provinz die besten Ausgangsbedingungen fanden. Aus dem verpuzzelten Bastelparadies der Provinz war ein modernes und weltoffenes Kreativlädchen geworden, in dem man sich in Ruhe die Schnittmuster für ein anderes Leben aussuchen konnte.

Kerstin war damit so beschäftigt, dass sie zuletzt für die Schule nicht mehr viel Zeit aufbrachte. Auch das wusste sie zu nutzen. Zuletzt hatte sie sich in Englisch so sehr verschlechtert, dass ihre Eltern ihr bereitwillig ein Jahr Schüleraustausch in den USA bezahlten. Kerstin landete in einer Kleinstadt im Mittleren Westen. Als sie zurückkam, hatte sie ein Buch über die Herstellung amerikanischer Patchworkdecken im Gepäck, das sie ihrer Mutter schenkte, und eine in den Vereinigten Staaten zur Vollendung gereifte Zielstrebigkeit: »If you really want to do it … just do it.«

Mit neuem Elan nahm sie ihre Arbeit als Aktivistin

wieder auf. Sie ließ sich noch im selben Jahr zur Schülersprecherin wählen, belebte die Schülerzeitung, die vor einiger Zeit eingeschlafen war, neu, und wandte sich dann den verschiedenen Gremien zu, mit denen junge Leute an den Verwaltungsentscheidungen auf kommunaler Ebene beteiligt werden sollten.

Kerstin wurde Mitglied im Stadtschülerrat und im Kreisschülerrat. Da sie keine besondere Vorstellung davon hatte, welche Interessen sie dort vertreten sollte, störte sie sich nicht daran, dass bei den Sitzungen nie etwas Konkretes herauskam. Dafür war sie immer dabei, wenn es darum ging, eine neue Arbeitsgruppe einzurichten oder stundenlang über die organisatorischen Details der nächsten Zusammenkunft zu reden und schließlich alle Beteiligten auf ihre Vorschläge einzuschwören. Überzeugend aufzutreten hatte sie inzwischen gelernt, und es machte ihr Spaß, sich davon immer wieder selbst zu überzeugen.

Nach dem Abitur verließ sie umgehend die Stadt. Während ihres Studiums der Publizistik, Germanistik und Politikwissenschaft in Hamburg war sie hauptsächlich damit beschäftigt, Praktika zu absolvieren. Ab und zu fuhr sie nach Hause und musste dann die neuesten kreativen Anstrengungen ihrer Mutter bewundern. Selbst bemalte Blumentöpfe aus Terrakotta lagen Mitte der neunziger Jahre sehr im Trend, und Kerstin ertappte sich bei dem Gedanken, dass sie sich neben den weißen Leinenvorhängen auf den Fensterbänken ihrer Altbau-WG ganz gut machen würden.

Nachdem sie ihren Abschluss gemacht hatte, belegte Kerstin einen Aufbaustudiengang Kulturmanagement in Berlin und begann ein dichtes Netzwerk von Beziehungen zu knüpfen, dessen filigrane Struktur es mit den Makramee-Arbeiten ihrer Mutter hätte aufnehmen können. Bei ihren Bewerbungen war ihr dieses Netzwerk durchaus nützlich, und heute arbeitet Kerstin in der PR-Abteilung eines großen Medienunternehmens.

Neuerdings denkt sie daran, sich beruflich zu verändern. Nicht dass ihr die Arbeit nicht gefällt, aber man kann schließlich nicht jahrelang das Gleiche machen. Also stellt sie gerade wieder einmal einen Stapel von Bewerbungsunterlagen zusammen. Der Blick auf den Lebenslauf hinterlässt jedes Mal ein Gefühl der Zufriedenheit in ihr: »Selbst gemacht?« – »Selbst gemacht.«

HEIMATKUNDE: KOMMUNALE SELBSTVERWALTUNG

Nach der Zeit des Nationalsozialismus und des Zweiten Weltkriegs, die untrennbar mit der damaligen Reichshauptstadt Berlin verbunden war, suchte man den Nährboden des neuen, besseren Deutschlands in der Provinz. Der Morgenthau-Plan, mit dem die USA aus der kriegerischen Industrienation Deutschland ein friedliches Agrarland machen wollten, wurde zwar nicht verwirklicht. Doch als es um die Wahl des Regierungssitzes für das staatliche Provisorium ging, das auf dem Gebiet der westlichen Besatzungszonen entstehen sollte, drängte vor allem das britische Außenministerium darauf, möglichst weit an den Rand zu gehen: »What about Bonn?«

Damit waren die Weichen gestellt. Celle, Helmstedt und Kassel, die ebenfalls gerne zur wichtigsten Stadt der noch zu gründenden Bundesrepublik geworden wären, hatten keine Chance, unter anderem, weil sie zu nahe am Eisernen Vorhang lagen. Im Mai 1949 kam es zur Abstimmung im Parlamentarischen Rat. Als Konkurrent der beschaulichen Stadt am Rhein bot sich jetzt nur noch die Bankenmetropole Frankfurt an, doch die Provinz errang unter der Führung Konrad Adenauers einen ihrer ersten Siege der Nachkriegszeit. Bonn wurde Regierungssitz, und in seinen späteren Reden als Bundeskanzler wies Adenauer gerne darauf hin, dass gerade die kleineren und mittleren Städte berufen seien, die »geistige Atmosphäre des deutschen Volkes« zu erhalten und zu pflegen.

Das gefiel nicht nur den Alliierten. Die provinzielle Gründungslegende der Bundesrepublik war auch im eigenen Land sehr erfolgreich. So zeichneten beispielsweise die Autoren des 1967 in Darmstadt erschienenen Sammelbandes »Lob der Provinz« das Bild einer fruchtbaren Zukunft auf dem Land. Befriedigt stellten sie fest, dass Kultur, Wirtschaft und technischer Fortschritt jenseits der großen Zentren prächtig gediehen.

Auch die Auffassung Adenauers, dass der ländliche Raum der eigentliche Ort von Freiheit und Demokratie sei, wurde von den Provinz-Experten geteilt. Sie meinten sogar, einen eigenständigen provinziellen Bürgersinn erkennen zu können, der seit jeher jeder Form von Zentralismus und Totalitarismus widerstanden habe. »Die Weltgeschichte spielt gern mit Metropolen, an der Provinz beißt sie sich die Zähne aus«, erklärte der Herausgeber des Sammelbandes, der Schriftsteller Heinz-Winfried Sabais.

Den Höhepunkt der provinziellen Freiheitstradition fand Ludwig Engel, der damalige Oberbürgermeister von Darmstadt, in seinem Beitrag zum »Lob der Provinz« in der kommunalen Selbstverwaltung.

Die Preußische Städteordnung hatte Anfang des 19. Jahrhunderts auch für die kleinsten Verwaltungseinheiten einen von der Zentralregierung unabhängigen Freiheitsraum geschaffen. Nach dem Zweiten Weltkrieg setzte das Grundgesetz der Bundesrepublik Deutschland die gleichen Akzente. »Den Gemeinden muss das Recht gewährleistet sein, alle Angelegenheiten der örtlichen Gemeinschaft im Rahmen der Gesetze in eigener Verantwortung zu regeln«, so schrieb Artikel 28 das Recht auf Selbstverwaltung fest.

Für Engel war das der zentrale Punkt der neuen Verfassung. Die kommunale Selbstverwaltung sei die eigentliche Grundlage der freiheitlich-demokratischen Grundordnung. Erst sie lasse »den Gemeindebürger zum Staatsbürger werden« und schütze ihn zudem vor obrigkeitsstaatlichen Zumutungen.

Es dauerte nicht lange, bis sich das in der Verfassung verankerte provinzielle Bürgerbewusstsein beweisen musste. Ende der sechziger Jahre verwandelte sich das latente Misstrauen gegen Zentralismus und Etatismus in den deutschen Randlagen zum ersten Mal wieder in aktiven Widerstand.

Der Grund war die Gebietsreform, die die sozialliberale Regierung beschlossen hatte. Um die Regionalverwaltung effizienter zu machten, sollten die kleinsten und allerkleinsten Gemeinden und Kreise zu größeren Verwaltungseinheiten zusammengefasst werden. Der Versuch der Regierung, die Reform als Machtgewinn für die kommunale Selbstverwaltung zu verkaufen, scheiterte. Schlagworte wie »Fortschritt«, »Effizienz« und »Moderne« klangen in der alten bundesrepublikanischen Provinz nur für die wenigsten überzeugend. Vor allem in den ländlichen Gemeinden kam es zu heftigen Protesten gegen die Gebietsreform – die zuletzt aber wirkungslos blieben: Selbstverwaltung ja, aber in einem Rahmen, der von außen vorgegeben wurde. Obwohl die Regierung immer noch in Bonn saß, schien die Autonomie der Provinz durch die sozialliberale Wende bedroht zu sein.

Doch während die Gebietsreform durchgesetzt wurde, bekam der Begriff der Selbstverwaltung in der Provinz einen utopischen Klang. Die neuen sozialen Bewegungen, die in der Folge der Achtundsechziger-Revolte entstanden waren, beschrieben mit ihm die Grundstruktur einer zukünftigen Gesellschaft, in der es keine Hierarchien mehr geben würde. Fabriken und Wohnprojekte, Verlage und Universitäten, alles würde selbst verwaltet werden. Auch für die Jugendzentrumsbewegung, die Mitte der siebziger Jahre aus den Städten in die Regionen kam, stand die Idee der Selbstverwaltung im Mittelpunkt. Sie versuchte, Treffpunkte für Jugendliche zu schaffen, die in Eigenregie geführt wurden.

Die Jugendzentrumsbewegung befand sich auf dem Land und in den Kleinstädten in einer anderen Situation als in den Großstädten. In der Provinz ging es nicht darum, ein Stück des öffentlichen Raums auf demonstrative Art und Weise mit Beschlag zu belegen und bewusst Aufmerksamkeit zu erzeugen. Stattdessen versuchten die Aktivisten auf dem Land und in den kleinen Städten, unter den misstrauischen Blicken von Eltern, Lehrern und Pastoren einen geschützten Bereich zu schaffen, in dem sie der allgemeinen Aufmerksamkeit erst einmal entzogen waren. Es war die romantische Vorstellung einer inneren Provinz, in der das richtige Leben inmitten des falschen stattfinden sollte.

Zu diesen Versuchen, eine innere Provinz zu schaffen, gehörten auch die Landkommunen, die in den siebziger Jahren als Antwort auf die städtischen Wohngemeinschaften gegründet worden waren. Einige von ihnen versuchten, den Klassenkampf aufs Dorf zu tragen, und freuten sich, als der Philosoph Ernst Bloch ihnen in jenem Kursbuch, das 1975 unter dem Titelthema »Provinz« erschien, Hoffnung auf einen dritten Weg im ländlichen Raum machte. Zwischen »Kleinstädterei« im Westen und »kommunistischem Spießertum« im Osten müsse es »etwas anderes« geben, schrieb Bloch und schwärmte von der »Verschmelzung von Phantasie und Marxismus« in der Provinz.

Es ging dann eher praktisch weiter. Während die Hausbesetzer in Westberlin oder Hamburg die direkte Auseinandersetzung mit der Staatsgewalt suchten, entstand in Westdeutschland rund um die Biobauernhöfe und Naturkostläden eine ökologisch ausgerichtete Schattenwirtschaft mit einem breiten Dienstleistungsangebot. Wer an alternativer Lebensqualität interessiert war und ansonsten lieber seine Ruhe hatte, war in den achtziger Jahren in einer kleineren Stadt oder gar auf dem Land weitaus besser aufgehoben als in den Großstädten.

Die Jugendzentrumsbewegung war bereits ein paar Jahre vorher eingeschlafen. Inzwischen hatten die meisten Gemeinden und Kleinstädte ihre Jugendzentren bekommen, auch wenn sie nur in den seltensten Fällen in Selbstverwaltung geführt wurden, und das Angebot der Jugendpflege war im ländlichen Raum erheblich ausgebaut worden.

Die späteren Chronisten der alternativen Szene, die die ersten Bestandsaufnahmen der neuen Provinz »nach Achtundsechzig« zusammenstellten, sahen in der Jugendzentrumsbewegung nicht nur die »größte autonome Massenbewegung von Jugendlichen auf dem Land«. Sie machten sie auch für die »kulturelle Demokratisierung« der Dörfer und Kleinstädte verantwortlich. Die Jugendzentrumsbewegung, schrieb der Provinzforscher und ehemalige Aktivist Albert Herrenknecht in einer zweibändigen Chronik zur Geschichte des Jugendzentrums im baden-württembergischen Örtchen Stetten, sei die »Wurzel der heutigen, freieren Provinz«.

Soweit zum erfolgreichen Freiheitskampf. Ganz ungetrübt war das Lob der modernen Provinz allerdings nicht. Nach 1985 verwandelten sich viele Jugendzentren in Betreuungseinrichtungen für die Kinder der Aussiedlerfamilien, die auf die Kommunen verteilt wurden. Wer sonst noch unter zwanzig war, wusste selbst, was gut für ihn ist.

Die Moderne, die während der Gebietsreform noch von oben verordnet werden sollte, bahnte sich jetzt mit aller Macht ihren Weg und brachte die Postmoderne gleich mit – beziehungsweise das, was die Soziologen den »zweiten Individualisierungsschub« nennen. Auch in der Provinz wurden die letzten Reste der Utopie einer selbst verwalteten Gesellschaft gegen den Entwurf eines selbst verwalteten Individuums ausgetauscht, das seinen persönlichen Lebensentwurf aus einem reichhaltigen Angebot von Möglichkeiten zusammensetzt.

Das war anstrengend. In der Provinz wuchs nicht nur der Freizeitstress, sondern auch der Freiheitsdruck. Verständnis und Trost kamen – ein letztes Mal – aus Bonn. Bundeskanzler Helmut Kohl, der in Ludwigshafen geborene Sohn eines Finanzbeamten, war nach Konrad Adenauer der zweite deutsche Regierungschef mit einem ausgeprägt provinziellen Profil. Er war es, der in unübersichtlichen Zeiten an die traditionellen Werte der kleineren Lebenszusammenhänge erinnerte.

So kam er in einer Regierungserklärung aus dem Jahre 1991 auf die kommunale Selbstverwaltung zu sprechen. Der Begriff, der zu Adenauers Zeiten für einen neuen Aufbruch in die grenzenlose Freiheit eines liberalen Staates stand, verwies nun auf eine Rückkehr in überschaubare Verhältnisse vor Ort und das Recht, in einer zunehmend unübersichtlichen Welt die eigenen

Angelegenheiten selbst ordnen zu dürfen. Zwar beruhe die kommunale Selbstverwaltung auf Eigenverantwortung und Bürgersinn, sagte Kohl, ihre eigentliche Bedeutung, die ihr nach einer langen Geschichte und Tradition zukomme, sei allerdings emotionaler Natur. »Die Menschen suchen Geborgenheit in einer vertrauten Lebensumwelt«, erklärte der Bundeskanzler, »deshalb hat die kommunale Selbstverwaltung wegen ihrer Geschichte und Tradition für unser Land eine so große Bedeutung.«

ZWEI METER LEBENSHILFE

In der alten Provinz hatte Kultur die Funktion, ihren Bewohnern einen kontrollierten Blick über die Grenzen der eigenen Welt hinaus zu ermöglichen. In unserer Stadt kümmerte sich seit 70 Jahren der ehrwürdige Kulturring um diese Aufgabe und lud in den Herbst- und Wintermonaten zu Theatervorstellungen, Lesungen oder Konzerten in die Aula des Gymnasiums.

Das Publikum bestand zum größten Teil aus einer mehr oder weniger gleich bleibenden Gruppe älterer Bildungsbürger. Sie waren zum größten Teil zahlende Mitglieder des Kulturrings und vertrauten blind der Auswahl des Vorstands, dem unter anderem die Frau des Bürgermeisters angehörte. Trotzdem wurden die Veranstaltungen im Programmheft so angekündigt, als müsse man die Besucher mit allen Mitteln davon überzeugen, dass sich der Abend wirklich lohnen werde. Die Schauspieler der Tourneetheater, die in unserer Stadt gastierten, waren allesamt »bekannt aus Film und Fernsehen«, die Musiker »brillant« und die Schriftsteller »bedeutend«, und wurde ein Vortrag gehalten, dann natürlich nur von einem »ausgewiesenen Experten« des Fachgebietes. Die Lokalzeitung erging sich in ihren Berichten über die Veranstaltungen zwei Tage später in ähnlichen Formulierungen, und zum Abschluss der Saison bestätigten die Mitglieder ihrem Vorstand, wieder einmal eine glänzende Auswahl getroffen zu haben.

Auf diese Art und Weise versicherten sich alle Beteiligten gegenseitig in der Auffassung, einen Standortvorteil zu genießen. Als gebildeter und künstlerisch interessierter Mensch konnte man nirgendwo besser leben als in der Provinz. Schließlich befand man sich in der glücklichen Situation, aus dem kulturellen Überangebot, das dem Dunstkreis der großen Städte entsprang, nur das auszuwählen, was wirklich überzeugen konnte: erstklassige Ware.

Das war das kulturelle Selbstbewusstsein der alten Provinz, und die Qualitätssicherung überließ man neben dem Kulturring auch anderen lokalen Institutionen – gerne zum Beispiel einer alteingesessenen Buchhandlung. In unserer Stadt gehörte diese Buchhandlung einer älteren Dame, die darauf achtete, in ihrem kleinen, dunklen Ladenlokal neben einem reichhaltigen Sortiment an Heimatliteratur ausschließlich von ihr selbst geprüfte und sorgsam ausgewählte Bücher im Angebot zu haben. Ihre Kunden hatten es zu schätzen gelernt, dass die Buchhändlerin den bekanntlich unüberschaubaren Buchmarkt für sie überwachte, und lasen ausschließlich die von ihr empfohlenen Romane. Gelegentlich versuchte es jemand dennoch, an Bücher zu gelangen, die bereits durch das Raster der Buchhändlerin gefallen waren. In diesem Fall gestaltete sie den Bestellvorgang so kompliziert, dass die meisten bald aufgaben. War ein Kunde besonders hartnäckig, behauptete sie einfach, der entsprechende Titel sei leider schon lange vergriffen.

Anfang der achtziger Jahre machte dann ein neuer Buchladen auf, das Lesezeichen. Der geräumige Laden war das komplette Gegenteil der alteingesessenen Buchhandlung, mit Regalen aus hellem Fichtenholz, einer Ecke, in der Kinder Bilderbücher anschauen konnten, und einem Buchhändler, der nichts dagegen hatte, dass man auch einmal etwas länger im Laden blieb, ohne sofort etwas zu kaufen. Er kam aus der nächstgrößeren Stadt, trug eine Nickelbrille und einen schwarzen Bart und betrachtete sich selbst als Missionar. Er hatte eine genaue Vorstellung davon, welche Bücher in einer Kleinstadt gelesen werden sollten. Also fand man von Anfang an in den Holzregalen die einschlägigen Romane der literarischen Moderne, in denen es um den Ausbruch aus engen gesellschaftlichen Verhältnissen ging: Hesse, Faulkner und Kerouac, Thornton Wilder und Heinrich Mann.

Auch das Lesezeichen übernahm also zunächst die Aufgabe, die die Ordnung der Provinz den kulturellen Institutionen zuschrieb. Es sorgte für eine strenge Auswahl. Der Unterschied war, dass der Buchhändler diese Aufgabe subversiv wahrzunehmen versuchte. Die Lehrlinge, die im Lesezeichen ausgebildet wurden, ergänzten dieses Bild ganz hervorragend. Immer stand ein schmächtig aussehender blasser Junge oder ein

Mädchen mit einem weiten Pullover und einem Brillengestell aus feinem Draht hinter dem Ladentisch oder dem Pult mit den schweren Libri-Katalogen: ätherische Wesen, die innerhalb der Provinz nur an einem geistvollen Ort wie einer Buchhandlung existieren konnten.

Die Inszenierung des Lesezeichens als widerständige Kulturinstitution war perfekt. Wirtschaftlich gesehen war sie leider nicht von Vorteil. Also richtete der Buchhändler bereits nach kurzer Zeit das Angebot in seinem Laden auf die tatsächlichen Bedürfnisse seiner Kundschaft aus. Zuerst wuchs die Abteilung, in der es um Gesundheit, Küche und Garten ging. Anschließend erweiterte sich die Lebenshilfe-Abteilung mit zwei oder drei Büchern, die etwas versteckt am Regalrand lagen, zu knapp zwei Metern esoterischer Fachliteratur. Gleichzeitig verschwand die wohldurchdachte Auswahl anspruchsvoller Neuerscheinungen, die der Buchhändler auf einem zu seinen Regalen passendem Holztisch ausgelegt hatte, und machte voluminösen Taschenbuch-Bestsellern Platz: historische Romane, Krimis und jede Menge dramatische Liebesgeschichten. Auch das kam gut an, vor allem bei den Frauen, die den größten Teil der Kundschaft ausmachten. Während sie bezahlten, flüsterten sie dem Buchhändler vertraulich zu: »Mein Mann darf gar nicht wissen, dass ich so viel Geld bei Ihnen ausgebe.« So wurde aus dem Lesezeichen, das zunächst als Rückzugsgebiet für potenzielle Provinzflüchtige gedacht war, eine Anlaufstelle für alle die, die sich das zuweilen doch etwas eintönige Dasein in der Kleinstadt mit Diät-Kochbüchern und romantischen Träumen im Taschenbuchformat erträglich machten.

In der zweiten Hälfte der achtziger Jahre entstand dann eine völlig neue Abteilung. Nachdem mit den Homecomputern und ersten PCs ein neues Hobby aufgekommen war, stieg auch der Bedarf nach der entsprechenden Fachliteratur. Sie nahm im Lesezeichen bald ein ganzes Regal ein. Etwa zur gleichen Zeit wurde auf dem Ladentresen ein Computermonitor aufgestellt, und eine CD-ROM ersetzte die Kataloge der Barsortimente. »Wir besorgen Ihnen jedes lieferbare Buch innerhalb eines Tages« – diese Ankündigung bekam durch die technische Aufrüstung einen neuen Klang. Sie versprach den selbstbestimmten und praktisch verzögerungsfreien Zugang zur Welt. Die Buchhandlung Lesezeichen war von einer kulturellen Institution zu einem neutralen Dienstleistungsunternehmen geworden. Hier wurden Waren auf dem schnellstmöglichen Wege beschafft und ansprechend präsentiert. Die Auswahl überließ man nun vornehmlich den Kunden.

Das war das neue kulturelle Selbstbewusstsein. Man brauchte in der Provinz keine übergeordneten Instanzen mehr, die die Störgeräusche aus dem Rauschen der Welt herausfilterten. In einem Buchladen wie dem Lesezeichen war »Kultur« nicht länger der mehr oder weniger eingeschränkte Blick hinaus in die Welt, sondern ein Service, der die aufgeklärten Erwachsenen der modernen Provinz mit guten Ratschlägen und esoterischem Wissen, Leidenschaft und technischem Knowhow versorgte.

Wer sich jetzt noch für die dunklen Seiten der Provinz interessierte, fand die entsprechende Literatur in dem Regal mit der Horror- und Fantasy-Literatur, deren Angebot mittlerweile ähnlich wie das der Esoterikbücher sehr in die Breite gegangen war. Im Lesezeichen stand aufgrund der kontinuierlichen Nachfrage jeder damals lieferbare Roman von Stephen King. Der Buchhändler brachte damit zuletzt doch noch die inhaltliche Linie zum Abschluss, die er selbst einmal begonnen hatte, nur dass er jetzt statt Hermann Hesses Provinztragödien zeitgemäßen Kleinstadt-Horror verkaufte.

In Stephen Kings Büchern wimmelte es von Dämonen und anderen Kreaturen der Finsternis, die sich hinter den idyllischen Fassaden der nordamerikanischen »small town« verbargen. Haustiere verwandelten sich zu Monstern, friedliche Menschen wurden zu Opfern von Vampiren, und unter jedem Gullydeckel durfte man den Einstieg in die Hölle vermuten. King, der sich im Lesezeichen so großartig verkaufte, erzählte von der diffusen Angst, die mit der neuen Provinz einherging: dass die freundliche und aufgeklärte Welt der modernen Kleinstadt zuletzt nichts anderes als eine Inszenierung des Satans war.

Einen Ausweg gab es nicht. In Kings Roman »Es«

wurden die Protagonisten, die allesamt in der kleinen Stadt Derry aufgewachsen waren, vor die Wahl gestellt, entweder möglichst schnell abzuhauen – oder ihren Frieden mit dem Teufel zu machen.

LISTIGE PROVINZ

Niemand wusste, wie Inge in die Stadt gekommen war. Sie war um die vierzig, vielleicht auch älter, trug schwarze Jeans und bestickte T-Shirts mit Rüschen an den Ärmeln. Ihr kleiner Laden in der Fußgängerzone hieß Artful, nach dem englischen Wort für »listig« und »verschlagen«. Gut möglich, dass Inge hier einen Hinweis auf die Raffinesse untergebracht hatte, mit der sie ihr außergewöhnliches Geschäft in die provinzielle Einkaufslandschaft eingeschmuggelt hatte. In unserer Stadt ging man allerdings den in der Provinz üblichen Weg und ließ sich auf Fremdwörter und Doppeldeutigkeiten gar nicht erst ein. Das Artful hieß von Anfang einfach nur »der Teeladen« – nach dem am wenigsten ausgefallenen Teil des Sortimentes.

Der Tee wurde in ordentlich aufgereihten schwarzen Blechdosen aufbewahrt, die mit einem roten Drachenmuster verziert waren und in einem großen Regal hinter der Ladentheke standen. Die Auswahl an Geschmacksrichtungen entsprach in etwa der einer gut sortierten Eisdiele. Im Artful konnte man Tee kaufen, der nach Erdbeere, Vanille oder Banane schmeckte, nach Zimt und Apfel oder nach verschiedenen Likörsorten. Dazu kamen zahlreiche Mischungen mit so klangvollen Namen wie »Herbstzauber«, »Winterträume« oder »Japanische Blütenlese«.

Der Rest des Angebots war den Erwachsenen in unserer Stadt derart suspekt, dass man jahrelang so gut wie niemanden in dem Laden sah, der älter als zwanzig war. Auf übereinander gestapelten Teekisten standen kleine Fläschchen mit Duftölen, Stapel mit Räucherstäbchen, kleine Buddhas aus Metall und indische Götterfiguren. Von der Decke hingen gebatikte Tücher und Kimonos, und in Glasvitrinen lagen, auf schwarzen Stoff gesteckt, silberne Ohrringe in Form von Halbmonden oder Delphinen. Es war ein Sammelsurium von Waren, die irgendwo zwischen Indien, Hongkong und Korea produziert worden waren, und der kleine Laden war so vollgestellt, dass man aufpassen musste, nicht ständig etwas umzustoßen.

Läden wie das Artful gab es überall in der Provinz. Sie waren ein spätes Ergebnis der folkloristischen Begeisterung, mit der sich die Hippies in den siebziger Jahren auf Indien und andere fernöstliche Kulturen gestürzt hatten. Auch wenn diese Euphorie inzwischen längst abgeklungen war, hatte sie eine Art zeitlosen Stil geprägt, der sich besonders in der Provinz ausgesprochener Beliebtheit erfreute. Früher war es dabei um Exotik gegangen.

Alles, was man in diesen Teeläden kaufen konnte, kam von weit her, und der Duft der aromatisierten Tees, der Räucherstäbchen und der billigen Kunstfasern, aus denen die Kimonos hergestellt waren, konnte dazu verführen, von einem Leben in weiter Ferne zu träumen. Allerdings war die Provinz in der darauffolgenden Dekade längst kein Ort mehr, in dem man sein romantisches Fernweh ausführlich pflegen musste. Die Welt war überschaubar geworden und lag in Reichweite. Klassenfahrten führten nach London und Paris, verschiedene Organisationen regelten den Schüleraustausch mit den USA, Australien und Neuseeland, in den Ferien konnte man mit dem Interrail-Ticket bis nach Marokko fahren. Was ein Last-Minute-Flug war, musste man niemandem mehr erklären.

In der modernen Provinz war das ideelle Angebot des Artful deshalb bescheiden, aber dennoch wirkungsvoll. Hier konnte man vor dem Hintergrund der normierten Welt zwischen Neubaugebiet, Fußgängerzone und Gewerbemischgebiet mit verhältnismäßig geringem Aufwand einen Effekt machen: indem man ein Accessoire erstand, dem man auf den ersten Blick ansah, dass es nicht hierhin gehörte. So ermöglichte uns Inges Laden, einen kleinen Schritt aus unserer weltoffenen, jedoch nicht besonders aufregenden Umgebung herauszutreten – und so die Zeit zu überbrücken, bis wir mit einem einzigen großen Schritt die Provinz ganz hinter uns lassen würden.

Wir verbrachten Stunden im Artful. Manchmal kauften wir irgendeinen möglichst billigen Gegenstand und versuchten auf diese Art, den Verfremdungseffekt des Ladens auf unser Leben anzuwenden. Wir trugen ein Lackdöschen mit uns herum, das in den meisten Fällen leer war, aber wie ein Behältnis für eine geheimnisvolle Droge aussah, stellten eine der Teekisten, die für fünf Mark das Stück verkauft wurden, wie einen innenarchitektonischen Sprengsatz in die Mitte unserer standardisierten Jugendzimmer und vertrieben mithilfe eines Räucherstäbchens die frische Luft der Provinz oder den Geruch der Zigaretten, die wir heimlich geraucht hatten. So versuchten wir, mit bescheidenen Mitteln eine Welt zu erschaffen, in der man sich gerade deshalb zu Hause fühlen konnte, weil es in ihr überhaupt nicht wie zu Hause aussah.

Das war die List, die sich für uns mit dem Artful verband. Man konnte sich einrichten, ohne sich einzufügen. Für uns war das ein attraktiveres Angebot als jenes, das der freundliche Buchhändler aus dem Lesezeichen in seinen missionarischen Anfangstagen bereitgehalten hatte. Wir hatten kein Interesse an den Büchern, in denen die Flucht aus den engen Verhältnissen der Provinz gepredigt wurde. Wir wollten einfach nur in Ruhe die verbleibende Zeit absitzen – und dabei vielleicht ein bisschen Hippie spielen, um unsere Eltern zu ärgern. Die Zeit der kleinen und großen Revolten war auch in der Provinz endgültig vorbei.

Kurz vor dem Fall der Mauer kam es in Mode, statt Blumen Tee und an Holzstäbchen gezogenen Kandiszucker zu verschenken. Damit kamen auch die ersten Erwachsenen ins Artful. Sie ließen sich hundert Gramm »Winterträume« in knisterndes Zellophanpapier einpacken und erstanden noch eine Dose mit Ingwerbonbons. Die exotischen Gegenstände, von denen wir uns gerade noch einen gewissen Distinktionsgewinn versprochen hatten, fügten sich so nach und nach in das Dekor der Provinz ein. Zwischen den tönernen Windlichtern, schwimmenden Kerzen und handbemalten Kaffeetassen, die in den Haushaltswarengeschäften angeboten wurden, war reichlich Platz für den einen oder anderen chinesischen Fächer, einen Traumfänger oder ein indonesisches Windspiel.

Zuletzt konnte hier eben alles einen netten Eindruck machen. Das war die List der neuen Provinz – und »artful« war das Attribut, mit dem sich nicht ein einzelner Laden, sondern ein ganzer Landstrich hätte schmücken müssen.

HEIMATKUNDE: GOTHICS

Gothic Novels nennt man die englischen Schauerromane, die im 18. und 19. Jahrhundert geschrieben wurden: unheimliche Geschichten, die in Geisterschlössern, Spukhäusern und verwunschenen Landschaften fernab der entzauberten Städte angesiedelt waren. An die dunkle Atmosphäre, die in diesen Romanen vorherrschte, dachten Bands wie Siouxsie and the Banshees oder The Cure, als sie nach der ersten Punk-Welle auf der Suche nach einem Namen für ihre neue und reichlich düstere Musik waren.

Der Begriff »gothic« wurde von der Musikpresse übernommen und kennzeichnete schon bald nicht nur einen neuen Musikstil, sondern gleich eine ganze Jugendkultur. Die Gothics hörten neben Siouxsie and the Banshees und The Cure auch Joy Division oder The Cult und trugen nach dem Vorbild ihrer Bands weite, schwarze Kleidung zu bleich geschminkten Gesichtern und abenteuerlich hoch toupierten Frisuren. Das Ganze war eine ausgesprochen ernste Angelegenheit. Während die Öffentlichkeit sich vor allem über die karnevaleske Erscheinung der »Vampire« und »Fledermäuse« lustig machte, sahen die Gothics sich selbst vor allem als Subkultur mit einer Neigung zu Nachdenklichkeit und Melancholie.

In Deutschland nannten die Gothics sich »Grufties« oder »Schwarze«. Im Gegensatz zu den Punks, die vor allem in größeren Gruppen an öffentlichen Plätzen anzutreffen waren, zogen sie sich am liebsten an entlegene und möglichst menschenleere Orte zurück. Die Kulissen, die sie für ihre durchaus theatralischen Treffen und Inszenierungen benötigten, fanden sie vorzugsweise am Rand der kleinen Städte und im ländlichen Raum. Man kam in kleinen Gruppen in verfallenen Häusern, Burgruinen oder auf Friedhöfen zusammen, an den traditionell »unheimlichen« Orten also, wie sie auch in den Gothic Novels immer wieder als Schauplätze anzutreffen waren.

Grufties gab es auch in den großen Städten, aber ideell waren sie stärker als jede andere Jugendkultur der achtziger und neunziger Jahre in der Provinz verankert. Hier bot sich ihnen die passende Kulisse für ihren weltanschaulichen Mix aus Esoterik, Heidentum und Germanen- und Keltenverehrung auf der einen Seite und einer verklärten Sicht auf das Mittelalter und die romantische Sehnsucht nach Ruinen auf der anderen Seite. Er träume von Ragnarök, dem germanischen Weltende, erklärte ein Gruftie in einem Interview, von einer Zeit in der Zukunft also, in der »die Leute friedlich und ehrlich miteinander leben und im Einklang mit der Natur«. Friedlich, ehrlich und naturverbunden – mit diesen Attributen hatte man in der Heimatliteratur des 19. Jahrhunderts die Provinz belegt, um sie gegen die bedrohliche Landschaft der modernen Großstadt abzugrenzen.

Die Grufties waren mit dieser Sehnsucht nicht allein. Der Blick zurück in eine weit entfernte und mythisch überhöhte Vergangenheit lag in der Provinz schon immer schwer im Trend. Nun wurde er auch kommerziell verwertet. Neben der traditionellen Kirmes im Frühling und Herbst, den Weihnachtsmärkten und Stadtfesten etablierte sich bald in jeder kleinen Stadt ein sogenannter Mittelaltermarkt. Männer mit zotteligen Bärten und sackartigen Bekleidungsstücken schenkten in großen Krügen »nach Germanenart« gebrauten Met aus, Silberschmiede mit spitzen Hüten und Seidenwams verkauften schweren Schmuck, und dazwischen führten Gaukler mit Narrenkappen auf dem Kopf Kunststückchen auf.

Nach einigen Krügen Met konnte sich hier die Illusion einstellen, dem Alltag seiner Ahnen näher zu sein. Die disneyhafte Inszenierung des Mittelaltermarktes ersetzte die immer hilfloser wirkenden Anstrengungen der lokalen Trachtengruppen und konnte in der modernen, von herkömmlichen Neigungen ansonsten freien Provinz doch so etwas wie Heimatgefühle wecken.

Die Grufties bekamen bereits in den achtziger Jahren eine gewisse mediale Aufmerksamkeit, allerdings ausschließlich im Zusammenhang mit der Berichterstattung über Satanismus und okkulte Praktiken unter Jugendlichen. Im Stern und im Spiegel las man von

»Friedhofskindern«, die sich nachts an offenen Gräbern trafen, in ihrem Zimmer anstatt eines Bettes einen Sarg aufgestellt hatten und sich in verfallenen Häusern auf schwarzen Messen nächtelang dem Teufel oder wenigstens einer teuflischen Persönlichkeit hingaben: provinzielle Schauergeschichten, wie sie sich die Autoren der Gothic Novels nicht besser hätten ausdenken können.

Während das Medieninteresse an den »Friedhofskindern« immer größer wurde, verkleinerte sich die Gothic-Szene in Deutschland, was paradoxerweise am Erfolg ihrer Musik lag. The Cure oder Depeche Mode, die diese Szene später für sich entdeckte, waren längst mehrheitsfähig geworden und produzierten eine Hit-Single nach der anderen. Die Grufties wurden populär. Die Unverstandenen fühlten sich verstanden und zogen sich verletzt aus der Öffentlichkeit zurück. Umso überraschender war es, als die Szene in den neunziger Jahren in Deutschland plötzlich wieder an Größe zunahm. Bands wie Das Ich, Deine Lakaien, Goethes Erben oder In Extremo kreierten einen Sound, der mit etwas Phantasie nach Mittelalter klang, und spielten auf großen Festivals vor einem Gruftie-Publikum, das aus dem ganzen Land angereist kam.

Auch die neu erwachte Bewegung, in die Teile der in den achtziger Jahren im ländlichen Raum sehr verbreiteten Heavy-Metal-Gemeinde und später dann die Cosplayer aus der Manga-Fan-Szene eingingen, legte keinen Wert darauf, Berlin oder eine andere Großstadt zum Sammelpunkt zu machen. Man blieb in der Provinz. Das größte Versandhaus für Gruftie-Accessoires, EMP, hatte seinen Sitz im Emsland, am äußersten Rand Niedersachsens, und das nach einem einflussreichen Gothic-Magazin benannte Zillo-Festival fand seinen Platz ausgerechnet in Hildesheim. Mit dem sicheren Gespür der Provinz für etwas Glamour freute sich dort auch der nicht schwarz tragende Teil der Bevölkerung über das jährlich stattfindende Festival. Den fruchtbarsten provinziellen Boden hatte jedoch Leipzig zu bieten. Auf dem Gelände der Agra-Landwirtschaftsausstellung findet seit Anfang der Neunziger regelmäßig zu Pfingsten das Wave-Gotik-Treffen statt. Es kommen mehr als 30 000 Besucher, die in schwarzen Gewändern zwischen Konzerthallen, Camping-Gelände und Mittelaltermarkt pendeln.

Es war kein Zufall, dass die Jahreshauptversammlung der Gruftie-Gemeinde ihren Platz in Ostdeutschland fand. Nach 1990 war die Wiederbelebung der Szene vor allem von den fünf neuen Bundesländern ausgegangen. Als dann Überschneidungen und Berührungspunkte zwischen den heidnisch ausgerichteten Gruftie-Gruppierungen und rechtsradikalen Kreisen ausgemacht wurden, traten die Jugendforscher auf den Plan. Die Gothic-Szene, die im Gegensatz zu den Punks bisher nur selten Gegenstand wissenschaftlicher Untersuchungen gewesen war, wurde gründlich durchleuchtet. Eine der Studien erforschte das Interesse der in Thüringen ansässigen Grufties an der germanischen

Frühgeschichte der Region, ihre Treffen an germanischen Kultplätzen und auf alten Burgruinen, und die Forscher erkannten die Suche nach einem »neuen Heimatgefühl« – als Reaktion auf den Verlust der »Heimat DDR«.

Diese Interpretation lässt sich ohne Weiteres auf die gesamtdeutsche Provinz ausdehnen. Was zuvor in Westdeutschland nur zu ahnen war, wurde in den neunziger Jahren in Ostdeutschland klar ersichtlich. Die Grufties verkörperten den Protest gegen die neue Provinz, die auch in den alten Bundesländern so etwas wie Heimat nicht mehr bieten konnte.

Während die Fassade der Kleinstädte immer mehr durch die Werbeschilder der Sonnenstudios und Fitness-Clubs geprägt wurde, demonstrierten die bleich geschminkten Gesichter der Gothics das Nichteinverstandensein mit dem braun gebrannten und muskulösen Lebensstil der Leistungsgesellschaft. Ruinen statt Bauland, Friedhöfe statt Fußgängerzonen und mittelalterliche Rituale statt Zukunftstechnologien: Die streng antimodernistische Grundhaltung der Grufties, die sich mit ihrer schwarzen Kleidung deutlich vor den hellen Klinkersteinen der Häuserwände abheben, ist gegen all das gerichtet, was die moderne deutsche Provinz ausmacht.

In der scheinbar ausweglosen Situation, in die der zeitgenössische Gothic-Autor Stephen King seine Figuren in dem Roman »Es« stellt, haben die Grufties sich ohne zu zögern entschieden. Sie sind vor dem Teufel nicht geflüchtet, sondern haben sich an seine Seite gestellt. Irgendwann einmal, wenn die Mauern der Multiplex-Kinos, Tankstellen-Shops und Einkaufszentren zu bröckeln beginnen, werden sie wie eine Schar düsterer Dämonen auch auf diesen Ruinen tanzen. Und Satan lächelt.

PIZZA HAWAII IN TONI'S BAUERNSTUBE

Sie blätterten so aufmerksam in den Speisekarten, als ob zwischen Pizza Mista und Broccoli al Forno einige wirklich interessante Entdeckungen zu machen wären. Auf dem Tisch brannte eine Kerze, und neben Steffi stand auf einem kleinen Holzregal ein geflochtener Korb mit Plastikobst und künstlichem Weinlaub, das malerisch über den Rand auf die Lehne der gepolsterten Bank hinunterrankte. Das Ganze sah sehr idyllisch aus und ergänzte sich hervorragend mit der Lampe, die den vorderen Teil der Pizzeria in ein gedämpftes Licht tauchte: ein altes Wagenrad, an dem wie an einem Kronleuchter mehrere kerzenförmige Glühbirnen befestigt waren. »Pizza Hawaii«, sagte Steffi. Michael überlegte noch.

Die Pizzeria hieß Toni's Bauernstube. Toni war Anfang vierzig, trug fast immer eine Sonnenbrille und fuhr einen dunklen BMW. Er hatte ein paar Stammgäste, die beinahe jedes Wochenende zum Essen kamen, ihn lauthals duzten und sich mit ihm am liebsten über Juventus Turin und AC Mailand unterhielten. Bevor sie gingen, schenkte Toni ihnen persönlich einen

Grappa ein, was als eine besondere Gunstbezeugung aufgenommen wurde. Mit ihrer Mischung aus toskanischem Kitsch und deutscher Rustikalität war Toni's Bauernstube genau die Pizzeria, wie man sie sich in der Provinz vorstellte.

Die blonde Kellnerin, die aus einem Dorf in der Nähe der Stadt stammte und seit zehn Jahren mit Toni verheiratet war, kam an den Tisch. Sie notierte Pizza Hawaii und Pizza Funghi, und dann bestellte Steffi noch Rotwein. Schließlich war man beim Italiener.

Toni's Bauernstube lag in der Mitte der Fußgängerzone, die jetzt, um acht Uhr abends, vollkommen leer war. Aus dem Fenster hatten Michael und Steffi einen ausgezeichneten Blick auf den Jeans Shop, der genau gegenüber lag, und auf zwei der Bänke, die man zusammen mit einigen Blumenkübeln vor ein paar Jahren zum Stadtjubiläum aufgestellt hatte.

Die Zeit, in der das grundsätzliche Für und Wider einer Einrichtung wie der Fußgängerzone diskutiert wurde, war vorbei. Bereits in den späten siebziger Jahren war unter den Kommunalpolitikern die Einsicht gewachsen, dass man nicht nur Jahr für Jahr in der Umgebung neues Bauland ausweisen konnte, sondern auch ein Auge auf die Stadt selbst halten musste: »Die Menschen wollen schließlich in einer angenehmen Umgebung einkaufen.«

Da es in unserer Stadt keinen historischen Ortskern gab, sondern nur die Hauptstraße, an der der Großteil der Geschäfte lag, ersetzte man hier den Asphalt durch bunte Klinkersteine und stellte vor dem Rathaus mit den Mitteln der ebenfalls ganz in der Nähe liegenden Sparkasse einen Springbrunnen auf.

Anfänglich kam es zu Protesten der Geschäftsinhaber, insbesondere des Besitzers eines angestammten Modehauses, da seine Kunden nun nicht mehr wie früher direkt vor der Ladentür parken konnten. Schließlich spendierte die Stadt ihm einen Kundenparkplatz, und als dann die Ladenmieten in der Fußgängerzone plötzlich anzogen, mussten sich die restlichen Spielverderber nach neuen Geschäftsräumen umsehen. Zwei neue Reisebüros kamen dazu, außerdem der Jeans Shop, dessen Fassade mit den Logos verschiedener Markenhersteller übersät war. Aus der kleinen Eisdiele war jetzt das Eiscafé Venezia mit bunt gemusterten Bänken und schwarzen, achteckigen Kaffeetassen geworden.

Nachdem der eine der beiden angestammten Optiker sein Ladenlokal einer größeren Kette überlassen hatte, die angeblich unschlagbar preiswerte und dazu noch modisch aussehende Brillengestelle verkaufen sollte, war unsere Stadt vorerst am Ziel ihrer Wünsche angekommen. Auf den fünfhundert Metern der Fußgängerzone hatte sie sich aus dem Zeichenvorrat, den das Werbefernsehen bereithielt, das Bild einer modernen und weltoffenen Kleinstadt zusammengesetzt.

Steffi hatte fast die Hälfte ihrer Pizza liegen lassen und zündete sich jetzt unter den misstrauischen Blicken von Tonis Frau an der Kerze eine Zigarette an.

Michael fand, dass die Geste sehr erwachsen wirkte und gut zum Rotwein passte.

Sie sprachen darüber, was sie nach der Schule machen wollen. »Studieren«, sagte Steffi, »oder irgendwas Nettes mit Menschen.« Michael wollte sich nach dem Zivildienst an der Filmhochschule bewerben. Sie waren beide siebzehn, und die Zeit, bis sie die Stadt verlassen würden, war überschaubar. »Filme«, sagte Steffi. »Warum nicht.« Für einen kurzen Moment herrschte verlegenes Schweigen. In der Fußgängerzone traten langsam die sparsam beleuchteten Schaufenster aus der Abenddämmerung hervor. Später, wenn es richtig dunkel war, würde sich die Beleuchtung unter der Fontäne des Springbrunnens einschalten, und das, obwohl zu dieser Zeit niemand mehr durch die Fußgängerzone ging, der dieses kleine Wasserspiel hätte bewundern können.

Auch bei Tage wimmelte es hier nicht gerade von Menschen, weil man für einen ausgedehnten Einkaufsbummel doch lieber über die Autobahn in die nächstgrößere Stadt fuhr. Die Fußgängerzone glich daher die meiste Zeit einer Filmkulisse während der Drehpause. Die sorgfältig dekorierten Schaufenster des Schuhgeschäftes und der daneben liegenden Apotheke schienen nur für die paar Sekunden eines kurzen Kameraschwenks zurechtgemacht. Der Softeisautomat mit dem handgemalten Preisschild vor der Stadtbäckerei wirkte wie eine Attrappe, und auch das kleine Flugzeug, das vor dem Modehaus für die Kinder aufgestellt worden war, machte nicht den Eindruck, als ob es sich nach Einwurf einer Münze bewegen würde.

»Leben, Teil 1«: Der Film, den Michael irgendwann in dieser Kulisse hätte drehen können, wäre wohl weitgehend ohne Handlung ausgekommen. Die Fußgängerzone war kein Ort, an dem sich Geschichten ereigneten. Als Michael und wir anderen noch zur Grundschule gingen, verbrachten wir die langen Sonntagnachmittage damit, mit dem Fahrrad um den Springbrunnen zu kurven. Später standen wir stundenlang einfach nur herum und redeten über nichts.

Wir versteckten uns in dem Café der Stadtbäckerei, während wir die Schule schwänzten, oder verbrachten ein paar Stunden im sogenannten Kaufhaus, einer Art erweitertem Haushaltswarengeschäft mit Unterwäscheabteilung, Schreibwarenregal und einem überschaubaren Angebot mit Schallplatten, die schließlich gegen CDs ausgetauscht wurden. Das Aufregendste, was einem hier oder in einem der anderen Geschäfte passieren konnte, war, dass man bei einem Ladendiebstahl erwischt wurde.

So lag die Fußgängerzone, die die engagierten Kommunalpolitiker ins Zentrum unserer Kleinstadt gesetzt hatten, wie ein leeres Versprechen in der Mitte unseres Lebens. Einige unserer Freunde und Freundinnen, mit denen wir in den Kindergarten oder die Grundschule gegangen waren, hatten sich hier dennoch eingerichtet. Sie schnitten Haare, verkauften Aspirin oder zahlten in der Sparkasse Geld aus, und in einigen Jahren würden sie nach ihrer Hochzeit im Rathaus vor dem Springbrunnen genauso wie all die anderen Paare vor ihnen ein Foto von sich machen lassen.

»Und jetzt?«, fragte Steffi. Michael bezahlte.

Sie hätten ihre Fahrräder nicht unbedingt noch einmal in Richtung Springbrunnen schieben müssen, um zu bemerken, dass in der großzügig angelegten Fußgängerzone für romantische Gefühle oder gar Liebe kein Platz war. Dafür waren zwanzig Quadratmeter Ladenfläche zwischen Sparkasse und Stadtbäckerei für das Hochzeitsstübchen aufbewahrt worden. »Für den wichtigsten Tag in Ihrem gemeinsamen Leben …« war auf dem Schild zu lesen, das neben zwei Kleiderpuppen in weißem Kleid und schwarzem Anzug stand und mit einem lachenden Schornsteinfeger verziert war.

Michael und Steffi heirateten nicht. Stattdessen waren sie zwei Wochen lang ein Paar, und genauso wie diese Zeit in Toni's Bauernstube begonnen hatte, so endete sie hier auch wieder: mit einem Gespräch, das ihnen beiden sehr erwachsen vorkam.

Später, als sie die Stadt längst verlassen hatten, sahen sich die beiden noch das eine oder andere Mal wieder, als gute Freunde, wie man so sagte. Steffi studierte jetzt BWL, und Michael war zuletzt bei Theaterwissenschaften und Publizistik gelandet.

»Auch interessant«, sagte Steffi, als sie sich eines Abends in München zum Essen trafen.

Am liebsten redeten sie jetzt darüber, wie weit sie sich doch von zu Hause entfernt hatten. »Keine Ahnung, wie man es dort so lange aushalten konnte«, sagten sie, und vielleicht fanden ihre mit der Zeit seltener werdenden Treffen darum fast immer in Pizzerien statt, die in den großen Städten auch nicht anders aussahen als Toni's Bauernstube.

Der Unterschied war nur, dass sie inzwischen gelernt hatten, sich über das Ambiente lustig zu machen: »Tiefste Provinz.«

ZURÜCK IN DIE ZUKUNFT

Mitte der achtziger Jahre wurde in unserer Stadt an einer stark befahrenen Kreuzung ein Gebäude errichtet, das einer überdimensionierten amerikanischen Ostküstenvilla glich: doppelstöckig, ganz in Weiß gehalten, mit einer Doppeltreppe, die zum Eingangsportal hinaufführte, und zwei leicht geschwungenen Seitenflügeln mit großen Fensterfronten. Hier zog das Kino ein, das bis dahin in einer alten Sporthalle untergebracht war.

Jetzt erstrahlte es in neuem Glanz. Solitaire Motion Center stand in neonblauer Leuchtschrift über dem Eingangsportal, und weil niemand wusste, ob man den Namen englisch oder französisch aussprechen sollte, geschweige denn, was es mit dem Anklang von Einsamkeit darin auf sich hatte, sagte man weiterhin einfach nur: »Ich gehe ins Kino« – und nicht, wie es in den Anzeigen hieß, die sich jeden Freitag und Samstag auf der ersten Seite der Lokalzeitung fanden: »Wir sehen uns … im Solitaire Motion Center.«

Im linken Seitenflügel war im Erdgeschoss das Cafe Cappuccino untergebracht, in dem es Pizza, Gyros und Milchkaffee gab und an dessen Wänden gerahmte Fotos von James Dean, Rita Hayworth und Marlon Brando hingen. Darüber lagen das Fitness-Studio Sport

Station und ein Solarium namens Sun Island. Auf der anderen Seite, im oberen Stockwerk des rechten Seitenflügels, eröffnete eine Diskothek, die sich bescheiden Tanzdiele nannte, sich an die »Junggebliebenen« richtete und bereits im ersten Jahr viermal den Besitzer wechselte. Schließlich wurde sie, nachdem sie sich auch als Veranstaltungsort für lokale Misswahlen nicht durchsetzen konnte, durch eine Spielothek ersetzt. Unter der Tanzdiele zog ein Lebensmitteldiscounter ein. Der Werbeslogan, den die Plastiktüten des Discounters trugen, las sich wie das beschönigende Motto der trotz der strahlend weißen Wände, der Leuchtreklamen und der Doppeltreppe etwas billig anmutenden Zusammenstellung aus Kneipe und Disko, Fitness-Studio, Solarium und Supermarkt: »Prima leben und sparen.«

In der Mitte dieses Ensembles ruhte das Solitaire Motion Center. Im Eingangsbereich gab es eine runde Theke, an der Eintrittskarten, Getränke und Süßigkeiten verkauft wurden. Außerdem waren Fertigpizza und Baguette im Angebot, die man während der Vorstellung essen konnte, was dazu führte, dass das gesamte Kino nach geschmolzenem Käse und Tomatensoße roch. Rauchen durfte man im Kino in den ersten zwei Jahren auch, und eine nostalgische Popcornmaschine steuerte einen süßlichen Geruch bei. Ihr Design sollte an die Einrichtung eines amerikanischen Lichtspielhauses der fünfziger Jahre erinnern und passte damit gut zu den Fotos der Hollywood-Stars im benachbarten Cafe Cappuccino. So wurde inmitten des strahlenden Neubaus im Zentrum unserer modernitätssüchtigen Stadt mit bescheidenen Requisiten eine Epoche beschworen, in der zumindest in den USA eine Kleinstadt noch eine überschaubare Angelegenheit war.

Es war das gleiche Bild, das in den amerikanischen Teenager-Komödien der achtziger Jahre in Szene gesetzt wurde. Während die vorhergehenden gesellschaftlichen Umbrüche mittlerweile auch das letzte Dorf im Mittleren Westen der USA erreicht hatten, wurde in diesen Filmen die Kleinstadt noch einmal als geschlossenes soziales System dargestellt, in dem eine scheinheilige Trias aus Eltern, Lehrern und Pfarrern damit beschäftigt war, Jugendlichen das Leben schwer zu machen und gegen die Verlockungen der Moderne zu kämpfen.

»Zurück in die Zukunft« war einer dieser Filme. Er lief nach dem Umzug unseres Kinos als Eröffnungsfilm. In der Komödie wurde nichts anderes versucht, als mit Hilfe von Zeitreisen innerhalb der immer gleichen Kleinstadt die »small town« als ein alle Epochen überdauerndes Phänomen darzustellen. Obwohl das Solitaire Motion Center und seine Umgebung der beste Beweis dafür waren, dass nichts mehr so war wie früher, war zwei Wochen lang jede Vorstellung von »Zurück in die Zukunft« ausverkauft.

Auch Thomas, der als Kinobesitzer diese Bilder der alten, intakten Provinz auf die beiden Leinwände in unserer Kleinstadt brachte, gehörte in eine andere Zeit.

Er war Mitte dreißig, ein leicht cholerischer Kumpeltyp, der einen Golf fuhr und den ganzen Tag einen Jogging-Anzug und ein Goldkettchen trug. Nachmittags schloss er das Kino für die Kindervorstellung auf, und nachts holte er die Kasse mit dem Geld ab. Die übrige Zeit verbrachte er im Solarium oder bei Wodka Tonic im Cafe Cappuccino, das er liebevoll »Cappu« getauft hatte.

Alle paar Wochen musste derjenige von uns, der gerade den Job an der Kinokasse hatte, Thomas entweder beim »Drink« oder unter der Sonnenbank stören, weil wieder einmal der Gerichtsvollzieher auftauchte und die Tageseinnahmen pfänden wollte. Ansonsten ließ er sich eher selten im Kino blicken, bis er den Einfall mit den Sondervorstellungen hatte.

Eines Tages war Thomas, der gerade mal wieder keine Freundin hatte, auf die Idee gekommen, einen sogenannten Frauenabend einzurichten. Ab sofort zeigte er jeden ersten Dienstag im Monat Romanzen mit Robert Redford und Meryl Streep oder Filme, in denen heldenhafte Frauen ihre Krebserkrankung besiegten. Besucherinnen bekamen an diesem Abend ein Getränk umsonst. Thomas hatte sich das Prinzip bei einer der Kneipen in der nächstgrößeren Stadt abgeschaut, die einmal in der Woche eine »Lady's Night« veranstalteten, und war ernsthaft überrascht, als seine Dienstagabende kein Erfolg wurden. Die alleinstehenden jungen Frauen, die er auf diese Art ins Solitaire Motion Center hatte locken wollen, blieben aus. Nur einmal kamen zwei Lehrerinnen vom Gymnasium, um sich »Jenseits von Afrika« noch einmal anzusehen. Beide waren allerdings verheiratet.

Thomas blieb also vorerst Single. Er verbrachte weiterhin die eine Hälfte der Nacht mit seinen Kumpels im Cafe Cappuccino und die andere Hälfte allein in seiner Wohnung. Sie gehörte zu dem einzigen Appartementhaus, das es in unserer Stadt gab. Der Flachbau lag gegenüber dem Altersheim, und außer Thomas wohnten dort vor allem Rentner. Sonst hatte hier schließlich fast jeder Familie, und das war auch der Grund dafür gewesen, dass die Tanzdiele neben dem Solitaire Motion Center von Anfang an schlecht besucht war. Wer älter als dreißig war, hatte längst Kinder und ging abends nicht mehr in die Disko.

Doch auch das würde sich eines Tages ändern. Das Kinocenter war der Vorbote einer Zeit, in der die Provinz nicht einfach nur ein familienfreundlicher Wohn- und Arbeitspark sein würde. In den Spielotheken, Tanzlokalen und Bistros entstand eine Parallelwelt zu den Gartenparadiesen der Neubausiedlungen, und mit jedem Sonnenuntergang trat in der blauen Leuchtschrift des Kinos das Wort »Solitaire« deutlicher hervor.

Das war der Ort einer neuen, posturbanen Einsamkeit. Hier verspeiste die weltgewandte Provinz ihre Gyrosburger mit Tzaziki extra, versuchte, mit einem schlecht organisierten Beauty-Contest etwas Glamour aufzulegen, und nahm in den Bräunungskabinen des Sun Island einmal in der Woche für fünf Mark

Kurzurlaub mit Sonnengarantie. Menschen wie Thomas, die mehr oder weniger bewusst darauf verzichteten, ihrem Leben in der Provinz einen Mittelpunkt im herkömmlichen Sinn zu geben, würden in diesen Orten, die auf die Bezeichnung »Center« hörten, in Zukunft ihre Heimat finden.

HEIMATKUNDE: FREIZEITCENTER

Der älteste Freizeitpark Deutschlands liegt in der kleinen Gemeinde Cleebronn bei Stuttgart. Dort, wo die Besucher sich heute in der Achterbahn »Gesengte Sau« den Fahrtwind um die Ohren pfeifen lassen oder eine »Gugelhupf-Gauditour« mitmachen, stand schon vor mehr als hundert Jahren das Ausflugshotel Altweibermühle Tripsdrill.

Die Umgebung war damals wie heute äußerst idyllisch – ein Stück deutsche Provinzlandschaft wie aus dem Bilderbuch. Doch weil man sich nicht darauf verlassen wollte, dass allein die Aussicht auf eine Wanderung über den nahe gelegenen Weinberg und die Besichtigung einer spätromanischen Kapelle ausreichend Besucher hierhin führen würden, bemühte man sich bereits Ende des neunzehnten Jahrhunderts, mit einer Handvoll verschiedener gastronomischer Betriebe den Ort aufzuwerten. So war die Cleebronner Altweibermühle ein frühes Beispiel für das Bemühen der Provinz, sich über ihre natürlichen und kulturellen Ressourcen hinaus attraktiv zu machen. Man unternahm nicht nur einen Ausflug, sondern »bekam etwas geboten«. Rund um das Ausflugshotel wurden Gäste und

Besucher vom Mittagessen über das Kaffeetrinken und das Abendbrot bis zum Schlummertrunk versorgt.

Nach dem Zweiten Weltkrieg stiegen mit dem wirtschaftlichen Aufschwung die Ansprüche der Ausflügler. Wer in seinem neuen Volkswagen ins Grüne fuhr, erwartete dort mehr als frische Luft und Schlossruinen. In den Fünfzigern entstanden in Deutschland die ersten Ausflugsgaststätten mit angeschlossenen Märchenparks. Obwohl die Szenen aus »Schneewittchen«, »Frau Holle« oder »Hans im Glück« zwischen den Bäumen und Hecken aus heutiger Sicht reichlich bescheiden wirken, konnten diese Parks bis zu 100.000 Besucher im Jahr anziehen. Erfolgreicher jedoch waren die privaten Tierparks und Streichelzoos, die zur gleichen Zeit angelegt und später zu größeren Wildgehegen wurden – und schließlich zu sogenannten Safariparks, in denen Tiger, Löwen und andere exotische Tiere inmitten der einheimischen Flora zu bestaunen waren. Die Gelegenheit, einen Sonntagnachmittag lang in der friedlichen deutschen Provinz »Daktari« zu spielen, wurde begeistert angenommen. Die Safariparks brachten es auf mehrere Millionen Besucher pro Jahr, und die Vorstellung, dass man mit einem Kännchen Kaffee allein noch jemanden zu einem Ausflug bewegen könne, hatte sich damit endgültig erledigt.

Das Modell für die erlebnisintensiven Freizeitanlagen, die in den folgenden zwei Jahrzehnten in der Provinz gebaut wurden, kam aus den USA. Das 1955 bei Los Angeles errichtete Disneyland war das Vorbild für die deutschen Themenparks, in denen Fahrgeschäfte, Gastronomie und Show-Einlagen kombiniert wurden. Im ländlichen Raum fanden sich die idealen Standorte – vor allem, weil hier die entsprechend großen Flächen zur Verfügung standen, die neben dem eigentlichen Gelände vor allem von Parkplätzen in Anspruch genommen wurden. Am Rand von Dörfern und Kleinstädten, in denen zehn oder zwanzig Jahre zuvor gerade einmal im Sommer ein Schützenfest stattgefunden hatte, wurden jetzt überdimensionierte Dauerrummel installiert. Der Heide Park in Soltau, das Phantasialand in Brühl und der Holiday-Park im pfälzischen Haßloch gehören genau wie der Erlebnispark Tripsdrill zu den bekannteren dieser Einrichtungen. Insgesamt brachten sie es auf mehr als 22 Millionen Besucher pro Jahr.

Die Themenparks waren nur der Anfang einer Entwicklung, an deren vorläufigem Endpunkt ganze künstliche Freizeitstädte lagen, die in den neunziger Jahren in der Provinz aus dem Boden gestampft wurden. Ein entscheidender Schritt auf diesem Weg war der Musicalboom, der 1986 in Deutschland mit dem Erfolg von »Cats« ausgelöst wurde. »Cats« wurde im Hamburger Operettenhaus aufgeführt, doch viele der Musicalhäuser, die in den nächsten Jahren gebaut wurden, standen dort, wo Platz war – am Rand der Städte.

Die Kultur, beziehungsweise das, was ein größeres Publikum darunter verstand, wurde mit dem Musicalboom von den klassischen Spielstätten im Innenstadtbereich der Städte zunächst an die Peripherie und dann immer weiter in die Provinz hineingeführt. Im hessischen Niedernhausen versuchte man sich an »Sunset Boulevard«, im bayerischen Füssen vor alpiner Kulisse an »Ludwig II. Superstar«. Musicalhäuser konnten genauso wie die Themenparks überall stehen. Wichtig war nur, dass sie über die Autobahn gut zu erreichen waren und dass die Reisebusse, die die Besucher aus der gesamten Bundesrepublik zu All-Inclusive-Trips herankutschierten, vor der Tür parken konnten.

Nach den Musicalhäusern kamen die Multiplexe – Kinozentren mit mehreren Leinwänden zwischen Bars und Restaurants, Bowling-Bahnen und Merchandising-Shops. Auch sie sprossen wie die Musicalhäuser zunächst vorzugsweise am Rand größerer Städte aus dem Boden und breiteten sich in den Neunzigern in der Provinz aus.

Die Musicalhäuser und Multiplexkinos waren der Beweis dafür, dass man auch außerhalb der Stadtzentren und traditionellen Ausgehviertel etwas erleben konnte. Ein wenig Kultur, Cocktails, dazu ein nettes Essen und drum herum ein bisschen Rummelplatzatmosphäre: Diese Mischung, die früher nur größeren Städten vorbehalten war, konnte man jetzt an jedem Ort in Deutschland finden. Damit war die letzte Phase der Suburbanisierung eingeleitet. Nachdem zuerst die Bewohner die Städte verlassen hatten und anschließend Handel und Wirtschaft sich ihre Standorte in der Provinz gesucht hatten, zog nun die kulturelle Infrastruktur an den Rand und darüber hinaus.

In Bezug auf die Erlebnisqualität wurde der Unterschied zwischen Stadt und Provinz immer geringer. Es war darum wohl nur folgerichtig, dass die verschiedenen Trends auf dem Freizeitsektor schließlich unter dem Namen »Urban Entertainment Center« zusammengefasst wurden, und das, obwohl sich die um ein Kulturevent herum organisierten Vergnügungszentren keineswegs in der Großstadt, sondern vorzugsweise in der Provinz ansiedelten.

Prominentestes Beispiel ist das Stella-Erlebniscenter, das in der Nähe Stuttgarts eröffnet wurde. Rund um die beiden von der Firma Stella produzierten Musicals »Miss Saigon« und »Die Schöne und das Biest« ist zwischen Autobahntrassen und Rübenäckern eine künstliche Stadt entstanden: mit bayerischem Biergarten und mediterran gestalteten Marktplätzen, zahlreichen Läden und einer Spielbank. Auch zwei Hotels und eine Appartementanlage gehören dazu. Für einen einzigen Abend wäre das Angebot im Erlebniscenter doch etwas viel.

Die Provinz der neunziger Jahre bot sich als ideales Spielfeld der Freizeitgesellschaft an. Außerhalb der großen Städte gab es schließlich genug weiße Flecken auf der Landkarte, in die die Eventstrategen zusammen mit den Investoren ihre Nadeln stecken konnten. Auf den hochbeschleunigten Achterbahnen der Freizeitparks holte man sich seine Adrenalinstöße, und in den Einkaufszentren und Factory-Outlets wurde selbst ein schnöder Einkaufsbummel zum Abenteuer. Am

Samstag fuhr man ins Multiplex, am Sonntag ins Spaßbad, und einmal im Jahr für ein Wochenende mit dem Bus in eines der »urbanen« Erlebniscenter, um Stadtluft zu schnuppern. Das war das Versprechen der neuen Provinz. Hier, in der ehemals langweiligsten Landschaft der Welt, sollte es niemals wieder langweilig werden.

Wenn einem das Ganze einmal zu anstrengend wurde, konnte man immerhin noch ein Erholungswochenende in einem der ländlich gelegenen Wellnesscenter einlegen, die jetzt den klassischen Kurorten Konkurrenz machten. In diesen Streichelzoos für die geplagten Körper und Seelen sollten die Besserverdienenden die Ruhe wiederfinden, die man ursprünglich einmal mit dem Leben in der Provinz verbunden hatte – und in einem Sauerstoffbad die zeitgemäße Variante der frischen Luft einatmen.

Schließlich besann man sich in der Provinz doch wieder auf die ureigenen Ressourcen der Landschaft, auch wenn man sich dabei auf die launige Natur lieber nicht verließ. So setzten die von den Freizeitforschern als »Ferienzentren der zweiten Generation« bezeichneten künstlichen Urlaubsorte, von denen die ersten in den neunziger Jahren gebaut wurden, vor allem auf den »überdachten Zentralkomplex«. So versammelt der von einer niederländischen Firma in der kleinen Gemeinde Bispingen in der Lüneburger Heide eröffnete Center Parc ein Erlebnisbad, eine Einkaufsstraße mit Apotheke, Post und Friseur. Verlässt man diese Freizeit-Mall, kann man auf unter Naturschutz gestellten Wald- und Wiesenflächen spazieren gehen oder auf einem See Wassersport treiben. Abends zieht man sich dann in seinen Bungalow zurück. 3600 Betten gibt es im Center Parc. Die Gemeinde Bispingen selbst zählt nur 2000 Einwohner.

Der Center Parc und vergleichbare Anlagen sind die idealen Kleinstädte. So hatte man sich die Provinz bisher nur in seinen kühnsten Träumen vorgestellt, als perfektes Nebeneinander von städtischem Freizeitangebot und schöner Landschaft, übersichtlich auf rund 90 Hektar verteilt und von einem großen Zaun umgeben, damit man unter sich bleibt. Und das Schönste an dieser Vorzeigeprovinz ist: Wenn sie einem nach zwei oder drei Wochen langweilig wird, darf man wieder abreisen.

KAMPFTRINKER LEISTUNGSKLASSE

Die Hütte war ein einfaches Holzhaus, das an der schmalen Straße zwischen der Stadt und einem der Dörfer stand. Der Ortsbürgerverein des Dorfes hatte das Häuschen gebaut und nutzte es nun einige Male im Jahr für Feiern und Grillfeste. An den übrigen Wochenenden konnte man die Hütte mieten, um dort Partys zu feiern. In der Umgebung gab es nur Maisfelder, das nächste Bauernhaus lag in einiger Entfernung, und die laute Musik, die am Samstagabend aus der Hütte drang, konnte niemanden stören. Die Partys, die den ganzen Sommer über hier stattfanden, hießen Hüttenfeten. Man besuchte sie, um sich zu betrinken. Und zwar richtig.

Das war erst einmal nichts Besonderes. Schließlich tranken alle, es gehörte zum Leben genauso dazu wie das Fernsehen. Auf den Dörfern und in den Straßen der Wohngebiete gab es einen dichten Festkalender, der sich aus Geburtstagen und Hochzeitsjubiläen zusammensetzte, und wenn sich Lücken auftaten, erfand man neue Feste. In gut funktionierenden Nachbarschaften trafen sich die Erwachsenen auf diese Art mindestens einmal in der Woche zu etwas, das sie gemütliches Beisammensein nannten. Dazu kamen die Vereinsfeiern,

Schützenfeste und andere Anlässe, bei denen ebenfalls ordentlich geschluckt wurde, und in den neu erschlossenen Einfamilienhaus-Siedlungen fand ein Richtfest nach dem anderen statt.

Einsame Säufer, die Plastiktüten voller Bierdosen mit sich herumtrugen und auf Parkbänken schliefen, sah man dagegen nie. Wir kannten sie höchstens aus dem Fernsehen oder aus den Aufklärungsbroschüren, die in der Schule verteilt wurden und in denen es um den »verantwortungsvollen Umgang mit Alkohol« ging. Schnaps und Bier waren ganz einfach das Bindemittel, mit dem das soziale Gefüge zusammengehalten wurde. Für uns stellte sich damit das Problem, wie man dem Alkohol etwas abgewinnen konnte, ohne damit gleich in der Gemeinschaft der Provinz aufzugehen, mit der wir nichts weiter zu tun haben wollten. Die Lösung war einfach. Man musste es nur maßlos übertreiben.

Die Hütte war der ideale Ort für dieses Unternehmen. Sie lag gerade so weit von der Stadt entfernt, dass man noch gut mit dem Fahrrad hinkommen konnte und sich gleichzeitig den Blicken der Erwachsenen entzog. Der bei den Nachbarschaftstreffen erhobene Anspruch, mit Alkohol Geselligkeit und Gemütlichkeit herzustellen, erledigte sich schon alleine dadurch, dass es im Innern der Hütte kaum auszuhalten war. Die Anlage war schlecht, die Musik immer viel zu laut, und meistens lief genau das, was man gerade nicht hören wollte. Also gingen wir nur rein, um uns an einer aus einigen Bierkästen und einem Brett improvisierten Theke neue Getränke zu holen. Ansonsten standen wir auf einem matschigen Platz vor der Hütte und machten uns die Schuhe dreckig.

Trinken hieß hier nicht einfach nur Trinken. Es bedeutete, sich die Lampe anzumachen, den Helm abzuschrauben und sich richtig abzuschießen. Die Preispolitik der Hüttenpartys kam diesem Unterfangen sehr entgegen. Man zahlte Eintritt, bekam einen Stempel und durfte den ganzen Abend über umsonst trinken: »10 Mark frei Saufen« stand auf kleinen Zetteln, die vorher an der Schule verteilt wurden. Natürlich waren diese Einladungen überflüssig, da die Hüttenfeten meist von Mitschülern organisiert wurden und es wenig andere Möglichkeiten gab, sich am Wochenende zu vergnügen.

Irgendwann kosteten die Partys dann 15 Mark, aber auch dann waren sie noch vergleichsweise billig – vor allem, wenn man nicht erst um Mitternacht kam, sondern von Anfang an dabei war und möglichst viel trank. Es gab Bier, schlechten Wein und noch schlechteren Wodka, der in Pappbechern mit Orangensaft von Aldi gemischt wurde. Um elf Uhr waren die meisten der Anwesenden ziemlich voll, und die Profis hatten bereits zum ersten Mal hinter der Hütte an den Rand des Maisfeldes gekotzt.

Einer dieser Profis war Axel. Er ließ keine Hüttenfete aus und war jeden Samstagabend so betrunken, wie es nur eben ging. Und es ging viel. Der Trick, den er und die anderen Profis beherrschten, war, dass sie nicht nur rechtzeitig anfingen, ein Bier nach dem nächsten zu trinken, sondern sich auch möglichst früh zum ersten Mal in dem Maisfeld hinter der Hütte übergaben. So behielten sie die Alkoholvergiftung halbwegs unter Kontrolle. Zur Not steckten sie sich den Finger in den Hals.

Die Profis schafften an einem Abend deutlich über zwanzig Flaschen Bier. Sie kotzten, spülten sich den Mund mit Wodka aus, und dann machten sie sich lässig mit einem Feuerzeug die nächste Flasche Bier auf. »Koma-Saufen« hieß diese Übung. Irgendwann lehnten die Profis dann an der Wand der Hütte unter einem der Bundeswehr-Tarnnetze, die dort zur Dekoration aufgehängt worden waren. Der Kopf hing locker nach vorne und bewegte sich manchmal etwas unmotiviert im Rhythmus der Musik. Wenn sie nicht aufgepasst hatten, war Kotze auf ihre Hose oder ihr T-Shirt gekommen, was ihnen inzwischen jedoch egal war. Nur Axel gelang es immer noch, sich einen Platz zum Schlafen zu suchen. Am liebsten lag er in seinem »Kampftrinker Leistungsklasse«-T-Shirt direkt vor den Boxen auf dem Fußboden. Die Lautstärke und der kaputte Sound störten ihn nicht mehr. Es war jedes Mal ziemlich schwierig, ihn zu wecken, wenn die Hüttenfeten am frühen Morgen vorbei waren.

Eine Zeit lang unterhielten wir uns in der Woche während der Schulpausen und auch am Nachmittag über nichts anderes als darüber, wer am Wochenende wie viel getrunken hatte, wer auf dem Weg nach Hause mit dem Fahrrad Schwierigkeiten gehabt hatte, wie oft man gekotzt und was man am nächsten Tag für einen Kater gehabt hatte. Das war der eigentliche Zweck der Hüttenfete und des Koma-Saufens. Wir tranken, damit wir uns nachher darüber unterhalten konnten. Schließlich erlebten wir sonst nichts, über das wir länger hätten reden können.

Also standen wir auch an diesem Samstag wieder mit Beck's-Flaschen in der Hand auf dem sumpfigen Boden vor dem Eingang der Hütte und warteten darauf, dass Axel einen neuen Rekord aufstellte oder sich wenigstens auf die Füße kotzte. Um uns herum sahen wir nur Leute, die wir kannten, die meisten waren Mitschüler. Es war wie auf dem Schulhof während der großen Pause, nur dass bis auf ein paar Mädchen jeder betrunken war. Nach ein paar Bier unterhielt man sich auch mit denjenigen, die man eigentlich nicht leiden konnte. Manchmal knutschte man auch mit einem Mädchen, für das man sich sonst niemals interessiert hätte.

Die Chancen standen gut, dass sich hinterher keiner von beiden daran erinnern würde. »Ich hatte ein richtiges Blackout.« Das war das Größte, was man von sich selbst nach einem Abend vor der Hütte behaupten konnte, und natürlich musste man nach einem Filmriss den Verlauf des Abends besonders genau rekonstruieren: Erzählstoff, der aus dem Nichts kam und für eine ganze Woche reichen musste.

An diesem Abend hatten wir Axel früh aus den Augen verloren. Irgendwann war er hinter der Hütte hervorgekommen und hatte zufrieden an seinem »Kampftrinker«-T-Shirt gezupft. »Gekotzt?«, fragte ich, als er an mir vorbeiging. Die Frage lag nahe, aber Axel grinste und sagte: »Besser.« Er hielt mir einen Finger hin: »Ich war mit Julia hinten. Willst du mal riechen?«

Er nahm mir meine Bierflasche aus der Hand, nahm einen großen Schluck und ging weiter. Julia war nicht toll, Axel war peinlich, aber das war egal. Wir hatten wie alle anderen auch zehn Mark Eintritt bezahlt und uns damit nicht nur das Recht auf einen Vollrausch erkauft, sondern auch das Gefühl, zu einer Gruppe Menschen zu gehören, die unter Spaß und Gemeinschaft etwas grundsätzlich anderes verstanden als ihre Eltern. Wir bewunderten Profis wie Axel wegen der Entschlossenheit, mit der sie dabei eine Samstagnacht in ein schwarzes Loch verwandelten.

Wir standen auf dem Platz vor der Hütte wie auf einer Insel mitten in der Provinz. Von hier aus konnte man auf der einen Seite das orangefarbene Schimmern der Straßenbeleuchtung sehen, das über der Stadt und dem Neubaugebiet lag, und in der anderen Richtung tanzten kleine blaue Flammen auf der Spitze der Müllkippe. Das Gas, das sich im Innern des Müllberges bildete, wurde dort abgefackelt, und nach ein paar Bier sah es fast so aus, als wäre es ein Feuer, das in weiter Entfernung brannte. Hier waren wir alle gleich, und für einen Moment kam es uns so vor, als hätten wir in der Provinz noch mehr zu erledigen, als einfach nur möglichst schnell zu verschwinden. Eines Tages würden wir zusammen mit Axel und den anderen Party-Profis Teil einer großen Bewegung werden, die hier am Rand einer Kleinstadt aufbrach und zuerst die nähere Umgebung und zum Schluss die ganze Welt zu lauter Musik mit leeren Bierflaschen und Erbrochenem überziehen würde.

Jörg kam aus der Hütte nach draußen und sagte, dass Axel einen schlechten Eindruck machen würde. Wir gingen hinein. Axel hatte sich anscheinend schon vor einiger Zeit an seinem Lieblingsplatz schlafen gelegt. Da er auch nicht aufwachte, als wir ihm ein paar Flaschen Bier über den Kopf gossen, machten wir uns Sorgen. »Nicht genug gekotzt«, sagte jemand.

Das war das Problem. Axel hatte sein Erlebnis mit Julia zum Anlass dafür genommen, sich diesmal so richtig abzuschießen. Wir stellten die Musik ab und riefen von einer Telefonzelle aus einen Krankenwagen. Das Blaulicht ließ Schatten über die Wand der Hütte wandern, und die Fahrer mit ihren leuchtenden Jacken und weißen Hosen machten ernste Gesichter. Jörg, der mit dem Auto da war, überlegte, wie er am besten nach Hause käme, ohne in eine Polizeikontrolle zu geraten. Julia stand am Rand und heulte. Es war richtig dramatisch.

Die Szenerie hätte gut in irgendeinen Fernsehkrimi gepasst, nur dass Axel nicht tot war. Ihm musste nur der Magen ausgepumpt werden, und am Montag hatte er eine wirklich gute Geschichte zu erzählen. Als ich ihn zehn Jahre später in Berlin am Rand der Love-Parade zufällig wiedertraf, stand nicht mehr »Kampftrinker Leistungsklasse« auf seinem T-Shirt, sondern »Saufen bis der Arzt kommt«. Axel hatte immer noch seinen Spaß. Er war extra für dieses Wochenende mit einem der Sonderzüge aus Braunschweig angereist, wo er inzwischen lebte, und wollte genau wie das Jahr davor nichts anderes machen, als mit Space-Cakes, Dosenbier und Dönern zwei nette Tage und Nächte in der Großstadt zu verbringen.

ÜBERHÖHTE GESCHWINDIGKEIT

Die Diskothek hieß Galaxy. Sie war im umgebauten Saal einer Dorfkneipe untergebracht, die es schon ewig gab. Jörgs Eltern zum Beispiel hatten sich dort kennengelernt, als die Diskothek noch nicht Diskothek hieß, sondern einfach nur »Saalbetrieb«, und auch wenn der Name alle paar Jahre wechselte, war der Besitzer die ganze Zeit über derselbe geblieben. Das Galaxy stand mitten auf dem Land. Zumindest in diesem Teil der Provinz legte man immer noch mehr Wert auf Traditionen als auf spektakuläre Neueröffnungen.

Show-Effekten war man dagegen nicht abgeneigt. Auf dem Dach der Diskothek war ein Scheinwerfer montiert, der in den Himmel zeigte. Mit ein bisschen Phantasie konnte man darin den Schweif des Kometen erkennen, der auf einem großen, handgemalten Schild über dem Eingang prangte. Den in der Höhe blasser werdenden Lichtstrahl konnte man schon von Weitem von der Landstraße aus erkennen, auch wenn niemand darauf angewiesen war. Im Umkreis von fünfzig Kilometern wusste jeder, wo das Galaxy lag.

Es gab drei oder vier solcher Dorfdiskos in der Nähe der Stadt, und zog man die Bahnen weiter, wurden es immer mehr. Während in der Stadt höchstens ein paar späte Kneipengänger im kalten Licht der Straßenbeleuchtung nach Hause eilten, verwandelte sich die bei Tag so eintönige ländliche Umgebung in den Nächten in eine weitläufige Partylandschaft mit regem Verkehrsaufkommen.

Jörgs Vater suchte montags und dienstags morgens beim Frühstück auf den vier sparsam bedruckten Seiten des Lokalteils immer zuerst nach Meldungen zu den haarsträubenden Unfällen, die sich am Wochenende ereignet hatten. »Wieder einer«, sagte er dann. Zufrieden schlug er mit der flachen Hand auf die Zeitung, so als ob nicht das Schicksal oder der liebe Gott über Leben und Tod entschieden, sondern die offizielle Statistik der Verkehrsunfälle im ländlichen Raum.

Die Zeitungstexte waren aus den immer gleichen Formulierungen zusammengesetzt. »In der Nacht von Sonnabend auf Sonntag«, »in den frühen Morgenstunden«, »überhöhte Geschwindigkeit«, »unter Alkoholeinfluss«, »voll besetztes Auto«, »schwer verletzt«, und manchmal »Fahrer erlag seinen Verletzungen«. Jörgs Vater schenkte sich Kaffee nach und überlegte anschließend laut, an welcher Kurve der Unfall sich ereignet haben könnte. »Aber ihr fahrt vorsichtig«, sagte Jörgs Mutter.

Jörg war der Erste von uns, der ein eigenes Auto hatte, und er fuhr natürlich nicht vorsichtig. Am Freitag und Samstag saßen wir zu fünft in seinem alten Passat und klapperten die drei oder vier Diskotheken ab, die es hier gab. Im Tunis zogen um drei Uhr morgens einige Jugendliche mit Palästinensertüchern ihre Schuhe aus und tanzten barfuß. Das Airport lag am Rande eines Gewerbegebietes, hatte mehrere Tanzflächen, einen Raum mit Spielautomaten und gleich vier Scheinwerfer auf dem Dach. Im Merlin konnte man für zwei Mark Kroketten essen, und dort war jeden Freitag Hardrock-Nacht. Am Sonntag ging man ins Ufo, weil dort »Indie-Disco« war und irgendjemand gehört hatte, dass sogar einige Studenten aus der nächsten größeren Stadt dorthin fahren würden. Doch das war ebenso ein falsches Gerücht wie die Behauptung, dass im Tunis mit harten Drogen gehandelt würde. Man landetet trotzdem immer wieder dort.

Nur die drei oder vier Punks, Gothics und frühen Hip-Hop-Fans, die es hier in der Gegend gab, nahmen die Mühe auf sich, etwas wählerischer zu sein. Sie fuhren weit, um ihre Musik zu hören und Leute zu treffen, die die gleiche Kleidung wie sie selbst trugen. Auf dem Land und in der Kleinstadt gab es nun einmal keine Szenen – nur Cliquen und außerdem jede Menge Leute, die man peinlich fand. Und die peinlichsten Leute traf man im Galaxy.

Das Galaxy war das, was wir eine Bauerndisko nannten. Hier konnte man weder Drogen kaufen noch Barfußtänzer sehen, dafür gab es eine 25 Meter lange Theke und die billigsten Getränke in der gesamten Umgebung. Ein abgezäuntes Stück Wiese vor der Disko diente als Parkplatz. Die Heckscheiben der Polos und

Kadetts waren von Kenwood-Aufklebern bedeckt, und die Golf GTIs waren wegen der vielen Spoiler und Schweller vollkommen aus der Form geraten. An den Antennen der Mantas hingen Fuchsschwänze, und in jedem Auto gab es ein CB-Funk-Gerät und einen zusätzlichen Drehzahlmesser auf dem Armaturenbrett.

Wir amüsierten uns darüber, nachdem wir Jörgs alten Passat auf dem Parkplatz neben einem der aufgerüsteten Wagen abgestellt hatten, und ahnten nicht, dass wir einem Paradigmenwechsel beiwohnten. Als Ende der achtziger Jahre die Witze über den Opel Manta in Mode kamen, fühlten sich die Fahrer eher bestärkt als verspottet. Die Manta-Piloten wurden gemeinsam mit den GTI-Besitzern und den anderen Kleinrennwagenbesitzern zur Avantgarde eines neuen provinziellen Selbstbewusstseins, Vorreiter einer neuen Heimatbewegung, die sich mit der Provinz mehr als arrangiert hatte. Auf dem Parkplatz des Galaxy konnte man die ersten dieser Individuen sehen, die sich stolz dazu bekannten, in der peinlichsten Landschaft der Welt aufgewachsen und darum auch selbst peinlich zu sein. »Provinz ist, wo wir sind« stand später auf den Aufklebern, die sie auf die Hecks ihrer Autos klebten.

Wir hätten die GTI-Fahrer und Manta-Besitzer um die Klarheit dieses Statements beneiden sollen. Damals haben wir uns lieber über sie amüsiert, und das Galaxy war genau der richtige Ort dafür. Betrinken konnte man sich dort nebenbei auch ganz gut. Man bezahlte am Eingang vier Mark, und dafür bekam man einen

Getränkebon, den man an der Theke gegen das erste Glas eintauschte. Man trank Bier, Sekt und billige Longdrinks: Weinbrand Cola oder Southern Comfort mit Cola, und irgendwann kam dann Red Bull mit Wodka oder »auf Sekt« in Mode. Das Preis-Leistungs-Verhältnis stimmte. Die neuen Mischungen wirkten schnell und intensiv.

Wir kamen uns im Galaxy wie Weltraumreisende vor, die einen fremden Planeten am äußersten Rand der Milchstraße besuchten. Es lief langweilige Musik, auf dem Männerklo hingen über den Pissoirs Bilder von nackten Frauen, und überall in der Disko waren Fernseher angebracht, auf denen ohne Ton die Nachtprogramme der Privatsender liefen: Werbung, Musikvideos und Softpornos. Die Jungen trugen das Haar vorne kurz und im Nacken lang, Schnurrbärte waren verbreitet, und die Mädchen hatten Dauerwellen.

Es war lächerlich, doch das war uns nur recht. Im Galaxy konnten wir uns am deutlichsten davon überzeugen, dass wir anders waren und nicht hierher gehörten. Wir hatten andere Frisuren, pinkelten in den weiß gekachelten Gästetoiletten der Neubausiedlung im Sitzen, und wenn wir uns betrinken wollten, zogen wir uns dafür lieber an den Stadtrand zurück, wo es keine Zuschauer gab. In der Dorfdisko waren wir Fremde, und trotzdem blieben wir fast immer bis zum Schluss.

Morgens um fünf, wenn das Galaxy zumachte, spielte der DJ jedes Mal als Rausschmeißer einen Schlager, und auf der Tanzfläche sangen jetzt alle mit: »Er gehört zu mir …« Der Abend war zu Ende. Wir standen an der Tanzfläche und gaben uns alle Mühe, auch dieses letzte Ritual noch peinlich zu finden. Es war Zeit zu gehen. Wir zwängten uns in den alten Passat, und Jörg legte eine Kassette ein. »This is not the time to wonder, this is not the time to die …«

Beinahe wären wir in dieser Nacht noch vom Gegenteil überzeugt worden. Als wir das Dorf hinter uns ließen, schlief Jörg am Steuer einfach ein.

Gerade hatte ich mich umgedreht und gesehen, wie der Strahl des Scheinwerfers auf dem Dach der Disko im Morgengrauen verblasste, da begann der alte Passat gefährlich zu vibrieren. Zwei Räder ratterten über den Seitenstreifen, die Bäume, die an der Seite standen, waren nur noch einen halben Meter entfernt.

Im letzten Moment lenkte Jörg den Wagen zurück auf die Straße. Er sah in den Rückspiegel und sagte: »Nicht schlecht, wenn man das Adrenalin spürt.«

Alle nickten. Angst hatten wir keine gehabt. Wir waren ja nur zu Besuch auf diesen Straßen. Wir würden an einem anderen Ort leben, und wir würden auch an einem anderen Ort sterben.

HEIMATKUNDE: FURY IN THE SLAUGHTERHOUSE

Die Band Fury in the Slaughterhouse gründete sich 1987 in der niedersächsischen Landeshauptstadt Hannover. »Time To Wonder« war ihre erste Single, ein leicht pathetisches Gitarrenstück mit zeitgemäßen Anleihen bei U2 und den Simple Minds und einem Text, der das Lebensgefühl all derer einfing, die ein langweiliges Leben fernab der Metropolen und Großstädten führten. Dort verharrte man in Wartestellung, während sich im Rest der Welt das Rad der Zeit immer schneller drehte. »We've got time to wait, we always move in seconds in a world of hours and days.«

»Time To Wonder« war ein Abgesang. Fury in the Slaughterhouse erzählten in ihrem Song nicht nur von der schicksalhaften Erfahrung des Stillstands, der sich mit dem Leben in der Provinz verband, sondern verkündeten im Refrain sogleich den Aufbruch: »This is not the time to cry, this is not the time to sleep while we fight, this is not the time to die …« Das Warten war zu Ende, das Leben konnte beginnen. Eine kleine Hannoveraner Band mit einem Namen, den man nur beim ersten Hören lustig fand und dann nie wieder, hatte der neuen Provinz mit ihrer ersten Single gleich eine Hymne geschenkt. Sie sollte noch jahrelang auf Partys und in Diskotheken laufen.

Fury in the Slaughterhouse waren maßgeblich an der sich langsam formierenden Front für ein neues provinzielles Selbstbewusstsein beteiligt. Ihre ersten Erfolge waren dabei geschickt erzeugten Synergieeffekten geschuldet. Der gerade erst gegründete private Radiosender ffn, der ebenfalls in Hannover beheimatet war und die 15- bis 35-jährigen Bewohner der niedersächsischen Kleinstädte und der ländlichen Umgebung zu seiner Zielgruppe erklärt hatte, nahm den Song »One Good Reason« in die Playlist auf. Er machte die Band in kürzester Zeit in weiten Teilen Norddeutschlands bekannt. Ein bisschen aggressiver und lauter ging es in »One Good Reason« genau wie in »Time To Wonder« um das Warten – das Warten auf den großen Bruch. Der Song war der Schlusspunkt der langen Reihe pathetischer Abschiedsformeln, die man in der Provinz oft genug ausprobiert hatte: »Just give me one good reason to go, and I'll be gone, faster than the wind blows ...«

Die Nachricht wurde verstanden. Ab jetzt gab es für Fury in the Slaughterhouse kein Zurück mehr. Ihre Musik war eingängig, und obwohl die Texte auf Englisch waren, verstand man jedes Wort. 1989 erschien ihre Platte »Jau!«. Ein Jahr darauf spielte die Band bereits vor mehr als 100.000 Zuschauern auf Open-Air-Festivals bei Hockenheim und Lüneburg. »Hooka

Hey« hieß die nächste CD. Während daheim auf den Partys immer noch »Time To Wonder« lief, klang in diesem Schlachtruf die Erleichterung derer mit, die sich aus der Provinz in die große, weite Welt aufmachten und hofften, dass sie niemals zurückkommen werden. »Sorry, my train won't stop at your station«, endet der Refrain der Ballade »Trapped Today, Trapped Tomorrow«. Lieder, so schön wie die Provinz niemals war.

Natürlich setzten sich Fury in the Slaughterhouse immer wieder in den Nightliner und fuhren zurück nach Hannover, um dort in den Konzerten mit ihrem Lieblingspublikum von den guten alten Zeiten zu schwärmen und an einem neuen Lebensgefühl mitzuarbeiten. Dazu gehörte auch die Rückbesinnung auf längst vergessene Werte. »Pure Live« hieß das 1992 erschienene Live-Album, und der Titel war Programm. Zusammen mit der Band Pur, die mit deutschen Texten und seichterer Musik in der zweiten Hälfte der achtziger Jahre als Stuttgarter Gegenmodell zu der Band aus Hannover entstanden war, spielten Fury in the Slaughterhouse auf die provinziellen Tugenden an, die damals vollends außer Mode gekommen waren: Reinheit, Ehrlichkeit, Ursprünglichkeit. Und siehe da, die Welt hatte darauf gewartet. 1994 verkauften Fury in the Slaughterhouse in den USA mehr als 100.000 Exemplare ihrer CD »Mono« und platzierten ihre Single »Every Generation Got It's Own Disease« in den dortigen Charts. Eine Tour durch Amerika schloss sich an. Die Band hatte international immer mehr Erfolg.

Jede Generation hat ihre eigene Krankheit. Nach drei Jahren in der ganz großen, weiten Welt kam das Gefühl der Leere und das Heimweh. »There is this emptyness I carry around with me« begann die Single »Bring Me Home«, mit der ein neuer Abschnitt beginnen sollte. Die Band gab bekannt, von nun an auf der Bühne »wieder enger zusammenzurücken« und das Pathos ihrer letzten Auftritte im Sinne des »pure live« herunterfahren zu wollen. Man suchte nach einem Weg zurück nach Hause, zurück in die gute alte Provinz.

Doch dieser Weg war längst verstellt, und zuletzt gelangten auch Fury in the Slaughterhouse zu der Erkenntnis, dass es kein Zurück mehr gab. Ende der neunziger Jahre versuchte die Band darum nicht länger, den Widerspruch zwischen der Sehnsucht nach Heimat und dem Wunsch nach ständiger Bewegung lösen zu wollen. »Trapped Today, Trapped Tomorrow«: Mit beinahe philosophischem Gestus fügte man sich in das Schicksal der Generation, der man dreizehn Jahre zuvor mit »Time To Wonder« ihren ersten Hit geschrieben hatte. Man bekannte sich dazu, keine Heimat zu haben. Die CD, die im Jahr 2000 in Hannover, Köln, Brüssel, Hamburg und Jamaika aufgenommen wurde, trug den vielsagenden Titel »Home Inside«, die zugehörige Tournee stand unter der Überschrift »Mobile / Home«.

Es folgten Experimente mit Multimedia-DVDs, dann begann der Ausverkauf mit immer neuen Best-Of-Sammlungen, Live-Alben und Unplugged-Sessions, und schließlich versuchten Fury in the Slaughterhouse im Jahre 2006 einen Neustart aus eigener Kraft. »Every Heart is a Revolutionary Cell« hieß ihre neue Platte. Die Band hatte sie kurzerhand selbst produziert und abgemischt, und obwohl der Sound das Flair eines Demo-Tapes hatte und an einen Übungsraum in einem Keller irgendwo in der Hannoveraner Vorstadt erinnerte, blieb das große Comeback aus. Fury in the Slaughterhouse gingen ein letztes Mal auf Tour und verabschiedeten sich 2008 mit einem Konzert in Hannover von ihren treuen Fans.

AUF DEM WEG NACH BERLIN

Um acht Uhr morgens fuhr der Bus auf die Autobahn. Es kam zu den ersten Diskussionen darüber, welche Kassetten man dem Busfahrer übergeben sollte, und während die Mädchen in Zeitschriften blätterten, ging Matthias mit seinem Sitznachbarn die Liste mit den Schallplatten durch, nach denen er in Berlin Ausschau halten wollte. Wir waren auf Klassenfahrt, und weil wir fünfzehn Jahre alt waren, war das Aufregendste daran für uns die Aussicht auf ein paar Tage Shopping in einer Großstadt. Wir wären auch nach Hamburg oder München gefahren. Die Unterschiede erschienen uns nicht so groß.

Immerhin hatten sich unsere Eltern große Mühe gegeben, Berlin als einen höchst gefährlichen Ort darzustellen, den man als junger Mensch kaum unversehrt wieder verlassen würde. Insbesondere Julias Vater, ein Bauunternehmer mit guter Auftragslage und lokalpolitischen Ambitionen, hatte auf der letzten Elternversammlung versucht, die Klassenfahrt noch zu verhindern. Eindringlich hatte er vor den brutalen Agenten der Stasi im Osten und den militanten Hausbesetzern und Drogensüchtigen im Westteil der Stadt gewarnt, war jedoch schließlich überstimmt worden. Ausschlaggebend war dabei das Argument gewesen, dass es für Fahrten in die »geteilte Stadt« Berlin ausgesprochen großzügige Zuschüsse gab. Unnötige Risiken zu meiden war eine der Tugenden, auf die sich die Erwachsenen in der Provinz etwas zugutehielten, Sparsamkeit eine andere.

Die Zuschüsse bekam man allerdings nur, wenn man an verschiedenen Informationsveranstaltungen zur Geschichte und Gegenwart der Stadt Berlin teilnahm. Da diese Veranstaltungen an den unterschiedlichsten Orten der Stadt durchgeführt wurden und wir obendrein ein kulturelles Pflichtprogramm absolvieren mussten, sollte uns vor allem die lange Bustour in Erinnerung bleiben. Wenn gerade kein Vortrag zum Mauerbau und zur Luftbrücke auf dem Programm stand, waren wir auf dem Weg zu einem Museum, machten eine Stadtrundfahrt oder warteten stundenlang am Checkpoint Charly darauf, für einen halben Tag nach Ostberlin einreisen zu dürfen. Zumindest konnten wir anschließend von unserem erhöhten Beobachtungsplatz im Bus mit einigen Blicken aus dem Fenster feststellen, dass die Bewohner Ostberlins unter modischen Gesichtspunkten nicht einmal auf dem Niveau unserer westdeutschen Kleinstadt angelangt waren.

Von der Stasi bekamen wir während der Exkursion nichts zu sehen. Genauso wenig konnten wir im Westteil der Stadt bei unseren Bustouren die militanten

Hausbesetzer ausmachen, die auf der Elternversammlung Anlass zu Besorgnis gegeben hatten. Nur einmal, als wir durch Kreuzberg fuhren, sahen wir aus einem Fenster ein Bettlaken hängen, auf das jemand mit roter Farbe eine Kampfansage an Hausbesitzer und andere Kapitalisten gepinselt hatte. Die Fassade des dazugehörigen Hauses war reichlich bröcklig, und im unteren Stockwerk fehlten die Fensterscheiben. »Dafür würde ich auch keine Miete zahlen«, sagte Julia. Anschließend hielt sie nach den Junkies Ausschau, von denen sie in »Wir Kinder vom Bahnhof Zoo« gelesen hatte. Sie sah keinen einzigen.

Matthias war der Einzige von uns, bei dem Berlin während unserer Klassenfahrt einen bleibenden Eindruck hinterließ. Während wir anderen am Brandenburger Tor und an der Gedächtniskirche Erinnerungsbilder knipsten, die wir uns nie wieder ansehen würden, fotografierte er aus dem Bus die eintönigen Straßenzüge mit ihren grauen Altbaufassaden, die wie in einem Stummfilm an uns vorüberzogen.

Schließlich fuhren wir wieder zurück. Am Grenzübergang in Marienborn wurde es im Bus plötzlich still. Es war, als ob die Passkontrolle durch einen streng aussehenden Beamten uns zuletzt noch einmal daran erinnerte, dass wir für ein paar Tage tatsächlich die Seiten gewechselt hatten. Auch wenn wir es in unserem klimatisierten Bus, der ansonsten für Gruppenreisen an den Gardasee eingesetzt wurde, kaum wahrgenommen hatten: Wir waren nicht nur durch jenes andere

Land namens DDR gefahren. Wir hatten auch die Provinz verlassen.

Matthias hatte seinen Entschluss längst gefasst. Er würde sobald wie möglich wieder nach Berlin fahren.

UNTERWEGS IM NIEMANDSLAND

Eine Generation zuvor waren die Wege im ländlichen Raum noch lang. Zwar besaßen die meisten Familien bereits Ende der sechziger Jahre ein Auto, doch die langen Fahrten über die schlecht ausgebauten Landstraßen waren kein Vergnügen. Plötzlich meldete sich der sozialdemokratische Verkehrsminister Georg Leber mit dem Versprechen von einer schnelleren Provinz zu Wort. In den nächsten 15 Jahren, so Leber, sollte jeder Bundesbürger von seiner Hauseinfahrt bis zur nächsten Autobahn nicht mehr als zehn Kilometer zurücklegen müssen. Der Minister kündigte ein Großprogramm für den Bau neuer Verkehrsstrecken an. Schnellstraßen und Autobahnzubringer sollten die Wege in der Provinz kürzer machen.

Das war 1970. In dem gleichen Jahr, in dem Georg Leber seine Vision von einer beschleunigten Bundesrepublik verkündete, wurde Matthias geboren. Seine Eltern waren kurz zuvor in eines der modernisierten Kolonistenhäuser gezogen, die noch aus den Zwanzigern stammten und am Rand des Moors in der leeren Landschaft standen. Das Haus lag an einer Landstraße, die von Norden her bis zu unserer Stadt verlief. Sie war schmal und kurvenreich, und genau wie das Haus von Matthias' Eltern stammte sie aus einer Zeit, in der

Autos hier in der Gegend noch einen gewissen Seltenheitswert hatten.

Bald nach Matthias' Geburt wurde die Landstraße zu einer Bundesstraße ausgebaut, die den dünn besiedelten Landstrich an die Autobahn anschließen sollte. Das war ein großes Glück, zumindest für Matthias. In den Jahren bevor er zur Schule ging, nahm er großen Anteil an den Bauarbeiten. Seine Eltern dagegen begegneten der schwarz glänzenden Teerdecke, die vor ihrer Haustür in den Sand gegossen wurde, zunächst mit einem gewissen Misstrauen. In ihrem gemütlichen Kolonistenhaus würde es laut werden.

Die Bundesstraße begleitete Matthias' Leben. Morgens wartete er mit den drei Nachbarskindern an der Bushaltestelle auf den Schulbus, der ihn erst zur Grundschule und später dann in unsere Stadt zum Gymnasium brachte. Wenn der Unterricht vorbei war, spielte er mit den anderen Kindern am Rand der asphaltierten Straße und beobachtete fasziniert die Autos, die an ihm vorbeirasten. »Du gehst auf keinen Fall auf die andere Seite«, warnten seine Eltern ihn so lange, bis Matthias sich vorzustellen begann, dass jenseits der Straße geheimnisvolles, verbotenes Land liegen müsse. Schließlich ließ er sich von den Nachbarskindern zu einer Expedition überreden und war enttäuscht, nichts vorzufinden, was er nicht bereits gesehen hatte: Gräben, Zäune, Weiden. Wenn es wirklich eine andere Welt gab, dann lag sie nicht auf der anderen Seite der Bundesstraße.

Matthias begann, sich an den immer gewagteren Spielen der Nachbarskinder zu beteiligen. Gemeinsam fuhren sie mit Rollschuhen über den glänzenden Asphalt der Bundesstraße oder legten sich mit ausgebreiteten Armen auf die Fahrbahn und sprangen erst dann auf und rannten zur Seite, wenn sie ein heranfahrendes Auto hören konnten. Das war gefährlich, machte aber Spaß, und die Bundesstraße wurde für Matthias zu einem Abenteuerspielplatz, der dank Georg Lebers beherztem Vorstoß praktischerweise direkt vor seiner Haustür lag.

Das Großprogramm von 1970 hatte noch weitere Folgen gehabt. So war unsere Stadt gleich mit zwei Autobahnanschlüssen versorgt worden. Sie lagen nur ein paar hundert Meter voneinander entfernt, trugen aber die Namenserweiterungen »West« und »Ost«, was die Stadt um einiges größer wirken ließ, als sie in Wirklichkeit war. Dazu kam, dass die Gelder für den geplanten Autobahnabschnitt bereits Anfang der Achtziger zur Neige gegangen waren, sodass die Betonpiste ein paar Kilometer nach der Auffahrt »West« wie eine gigantische Startrampe im Nichts der ländlichen Einöde endete. Dafür hatte sie zur anderen Seite hin den Weg in die weite Welt freigemacht. Die Autobahnauffahrten markierten den Anfang vom Ende der Provinz.

Matthias brannte darauf, sich selbst in Bewegung zu setzten. Seit er ein kleines Kind war, hatte er auf der Bundesstraße vor dem Haus seiner Eltern Autos an sich vorbeifahren gesehen, und er hatte keine Lust, darauf zu warten, dass er endlich alt genug sein würde, um selbst am Steuer zu sitzen.

Da er ohnehin ständig den Schulbus verpasste, legte Matthias die Strecke zwischen dem Haus seiner Eltern und unserer Stadt per Anhalter zurück. Das funktionierte gut, da ihn meistens irgendein Nachbar an der Straße stehen sah und mitnahm. Am Wochenende, wenn er zum Tunis aufbrach, das lange Zeit seine Stammdisko war, gestaltete sich das Trampen ähnlich unkompliziert. Matthias stellte sich gegen zehn Uhr abends an die Straße, und meistens hatte ihn schon nach einer Viertelstunde ein Bekannter entdeckt und eingeladen. Innerhalb der Provinz per Anhalter zu fahren war keine Herausforderung. Matthias wartete sehnsüchtig darauf, ein weiter entlegenes Ziel in Angriff nehmen zu können.

Zwei Jahre nach der Klassenfahrt lernte er an einem seiner Samstagabende im Tunis Angie kennen. Angie kam aus Berlin und hatte zusammen mit ihrer Mutter und ihrer kleinen Schwester aus ihrer Sicht reichlich langweilige Ferien auf einem Ponyhof in der Nähe unserer Stadt verbracht. Am nächsten Tag reiste Angie, die eigentlich Angela hieß, mit Schwester und Mutter wieder ab, und zwei Wochen später trampte Matthias zum ersten Mal nach Berlin. Er brauchte zwölfeinhalb Stunden für den Hinweg. Mit der Zeit wurde er besser. Nach einem halben Jahr schaffte er die Strecke in der Hälfte der Zeit.

Die Autobahnauffahrt »Ost« wurde zum Mittelpunkt seines Lebens. Alle zwei Wochen lehnte Matthias sich freitags nach der Schule an die Leitplanke und zündete sich eine Zigarette an. Während er darauf wartete, dass ein Auto anhielt, stellte er sich vor, wie es wäre, an diesem Nachmittag der Schule, der Bundesstraße und dem Haus seiner Eltern den Rücken zuzuwenden und einfach nicht wieder zurückzukommen. Für derartige Träume war der Ort hervorragend geeignet. In der Zeit, die er an der Autobahnauffahrt am Rand unserer Stadt verbrachte, konnte Matthias sich wie ein Rebell aus der guten alten Zeit fühlen, in der man der Provinz mit einer pathetischen Geste den Rücken kehren konnte. Hinter ihm lag das säuberlich verputzte Haus seiner Eltern, an dem jeden Tag die gleichen Autos vorbeifuhren, und vor ihm Angie und das Leben in der großen Stadt Berlin: »Just give me one good reason to go …«

Natürlich kehrte Matthias immer wieder zurück. Am Montag erzählte er uns in der großen Pause von dem Geschäftsmann, der ihn in seinem BMW mitgenommen hatte, konsequent 210 fuhr, einen Magenbitter nach dem nächsten trank und ihm zuletzt noch ein eindeutiges Angebot machte. Oder von den Freaks, deren VW-Bus auf der Transit-Strecke den Geist aufgegeben hatte und die daraufhin aus Angst vor den Vopos ihre Marihuana-Vorräte in einem Plastikbeutel am Straßenrand vergraben hatten.

Zu diesen Berichten aus dem Niemandsland der Autobahnen, der Grauzone zwischen der Provinz und den großen Städten, kamen die Geschichten, die Matthias in Berlin erlebte. Die besetzten Häuser, die Bars und Diskotheken, in denen er die Nächte mit Angie verbrachte, gehörten so offensichtlich in eine andere Welt, die mit unserem Leben nichts zu tun hatte, dass auch Matthias selbst plötzlich so etwas wie ein Fremder für uns wurde. Während es auf das Abitur zuging und wir über Studienplätze und Ausbildungen nachdachten, entwickelte Matthias eine andere Perspektive für die Zukunft: jeden Abend Party.

Die Katastrophe kam erst im Herbst 1989. Nur wenige Monate bevor er sein Abitur machen konnte, war mit dem Trampen Schluss. Nach fast zwei Jahren hatte sich die Beziehung mit Angie abgekühlt. An einem trüben Sonnabend Ende Oktober machte sie Schluss, und als ein paar Tage später alle nur noch von Berlin redeten, weil dort plötzlich die Mauer gefallen war, war Matthias der Einzige, der nichts von diesen Ereignissen hören wollte.

Es war schon seit Längerem aus der Mode gekommen, per Anhalter zu fahren. Schließlich gab es inzwischen Mitfahrzentralen in fast jeder Stadt. Und jetzt war auch Matthias, der letzte Tramper der Provinz, am Ende seiner Laufbahn angelangt. In den nächsten Monaten stellte er sich noch ab und zu morgens an die Bundesstraße, um per Anhalter zur Schule zu fahren, wenn er wieder einmal den Bus verpasst hatte. Die Autobahnauffahrt jedoch sah ihn erst einmal nicht wieder. Nach dem Abitur bekam er einen Zivildienstplatz in der Nähe der ehemaligen DDR-Grenze zugewiesen, in einer abgelegenen Jugendherberge im südöstlichen Schleswig-Holstein, in der er nichts anderes zu tun hatte, als Wäsche zu waschen und ab und zu den Getränkeautomaten aufzufüllen.

Als die 15 Monate um waren, stellte Matthias sich noch ein letztes Mal an die Straße und ließ sich nach Berlin mitnehmen. Die Geschichte mit Angie hatte er weitgehend verwunden, und Matthias lebte jetzt erst einmal genau das Leben, das er sich immer vorgestellt hatte. Er ging feiern. Er verbrachte die Nächte in den Techno-Clubs, probierte hier und da ein paar Pillen und hatte das Gefühl, endlich in dem verbotenen Land auf der anderen Seite der Straße angekommen zu sein. Nachdem er zwei Lehren abgebrochen hatte, weil er nicht in der Lage war, vor zehn Uhr morgens aufzustehen, wurde er zum Dauergast auf dem Arbeitsamt. Die Zeit der Raves war vorbei. Das Tempo der Musik, die auf den Partys lief, war langsamer geworden, und auch Matthias' Leben lief nun in einem bedächtigen Rhythmus.

Er verbrachte viel Zeit in seiner kleinen Wohnung im Ostteil Berlins. Heimweh hatte er nicht. Nur manchmal, wenn er am späten Nachmittag aus dem Fenster auf die breite Straße sah, auf der die Pendler hinaus in die Plattenbausiedlungen und Neubaugebiete am Stadtrand fuhren, dachte er an das Haus seiner Eltern – und an die Bundesstraße.

BLICK ZURÜCK NACH VORN

Die alten Provinz-Bahnhöfe glichen Kirchen und Rathäusern. Die Backsteinbauten besaßen großzügige Portale, überdimensionierte Wartehallen und einen Turm, der einem Glockenturm nicht unähnlich war. Die von Weitem sichtbare Uhr allerdings sollte nicht an den pünktlichen Beginn des Gottesdienstes erinnern, sondern signalisierte den Wechsel vom gemächlichen Lebensrhythmus der kleinen Städte zum hektischen Tempo der Großstädte.

Heute haben die meisten dieser Uhren keine Zeiger mehr, nur die in den Backstein eingelassenen Markierungen der Ziffern sind noch zu erkennen. Die Bahnhöfe haben ihre Funktion als Vorposten der Moderne verloren und sind selbst in den idyllischeren Kleinstädten zu Brückenköpfen einer leicht angeschmuddelten Postmoderne geworden. In die großen Hallen mit den geschwungenen Dächern, in denen früher Lokomotiven und Waggons untergestellt wurden, zogen in den achtziger Jahren Diskos, Spielotheken oder Billigmärkte ein, in denen Restposten und Pfennigartikel verkauft wurden.

In unserer Stadt hatte der Güterschuppen lange Zeit keinen Pächter gefunden. Schließlich gründete sich ein Kulturverein, der das Gebäude vor dem drohenden

Abriss bewahrte. Seitdem fanden dort mäßig besuchte Ausstellungen mit den Bildern einiger in der Umgebung beheimateter Hobbymaler oder ambitionierter Kunstlehrer statt. Auch die ehemalige Bahnhofsgaststätte tat sich schwer. Aus der rustikalen Kneipe war jetzt eine im Hawaii-Stil dekorierte Bar geworden, in der immer noch das gleiche Publikum saß. Ein paar ältere Männer hockten wie erschöpfte Pauschaltouristen zwischen den Girlanden und Strohdekorationen auf den Barhockern, tranken Pils und versuchten, der Bedienung in den Ausschnitt zu sehen.

Am Sonntagmorgen wirkte dieses Ensemble besonders trist. In der Kneipe trafen sich nur zwei oder drei eiserne Stammkunden zum Frühschoppen. Das kleine Reisebüro der Bahn, das in der dunklen Eingangshalle rechts hinter einer Glastür untergebracht war, hatte geschlossen. Die Ansagen des Bahnbeamten dröhnten verzerrt und in ohrenbetäubender Lautstärke aus einem Lautsprecher und ließen die wenigen Menschen zusammenzucken, die sich auf dem Bahnsteig versammelt hatte. Sonntag war der Tag, an dem unsere Eltern uns zum Bahnhof brachten, um uns aus der Provinz zu entlassen. Sie stellten sich neben uns an die Gleise, möglichst weit entfernt von der Unterführung, aus der heraus es nach Urin roch, und blickten immer wieder nervös auf die Uhr. Auf der trostlosen, aus Formbetonsteinen zusammengesetzten Bühne des Bahnsteigs vollzog sich das seltsame Ritual des Abschieds.

Es begann mit einem demonstrativen Auseinanderrücken. Obwohl auf dem Bahnsteig jeder jeden kannte, nickten unsere Eltern sich untereinander nur kurz zu und stellten sich dann mit gehörigem Abstand voneinander entfernt auf. Für die zehn oder zwanzig Minuten, die man hier auf den Zug wartete, wurden alle, die sonst keine Gelegenheit ausließen, sich in der Fußgängerzone, im Supermarkt oder sonst wo ausführlich zu unterhalten, zu Fremden.

Ethnologen hätten in diesem merkwürdigen Verhalten einen symbolischen Akt erkennen können, der den Austritt einiger weniger Personen aus der Gemeinschaft vorübergehend in der Auflösung der gesamten Gemeinschaft enden lässt. Umso stärker war der Appell an die familiären Bindungskräfte. »Ruf an, wenn du angekommen bist«, ermahnten uns unsere Mütter, so als ob die paar Stunden, die man im Zug verbringen würde, schon reichten, um da draußen endgültig verloren zu gehen. Gleichzeitig begannen unsere Väter in ihren Portemonnaies zu kramen, um uns einen Geldschein mit auf den Weg zu geben.

Auch das war ein Teil des Abschiedsrituals: die Erinnerung daran, dass unser vermeintlich neues Leben jenseits der Provinz nur aufgrund der soliden Existenz unserer Eltern zwischen Eigenheim, festem Arbeitsplatz und bis an den Rand gefülltem Sparbuch ermöglicht wurde. Selbst wenn wir uns in den nächsten Jahren noch so selten zu Hause blicken lassen würden, unsere Heimat würde immer dort sein, wo unsere Eltern monatlich die Überweisungsaufträge ausfüllten.

»Hast du deine Fahrkarte?« Die Lautsprecherstimme übertönte die letzten Ermahnungen. Unbeholfen wurden Hände geschüttelt, missglückte Umarmungen mit einem Schulterklopfen überspielt. Rucksäcke und Plastiktüten wurden nachgereicht, und im letzten Moment, kurz bevor der Zug losfuhr, entstand auf dem Bahnsteig doch noch so etwas wie Hektik. Für ein paar Minuten stellte sich die Aufregung ein, mit der die Provinz seit jeher die Ihrigen in die Welt entlassen hatte.

Während unsere Eltern sich redlich Mühe gaben, vor der trostlosen Kulisse des Bahnhofs so etwas wie einen bedeutungsschweren Abschied zu inszenieren, ließen wir uns erleichtert auf den hellgrauen Sitzen des Regionalexpresses nieder. Befriedigt stellten wir fest, dass wir nicht nur den Zug pünktlich erreicht hatten, sondern auch ansonsten gut im Zeitplan lagen. In den letzten Jahren hatten wir immer wieder ausgerechnet, wann wir die Provinz verlassen würden. Im Gegensatz zu Matthias, der seine Flucht an der Autobahnausfahrt eindrucksvoll vorbereitet und in Szene gesetzt hatte, hatten wir geduldig darauf gewartet, dass wir zum zweiten Mal geboren würden und das neue Leben wie von selbst beginnen würde.

Der Zug verließ den Bahnhof. Es war die letzte Gelegenheit, noch einmal einen Blick auf die Stadt zu werfen. Im Vordergrund Weideland mit ein paar Kühen, die neugierig den Zug betrachteten, dahinter der Kirchturm, das Schulgebäude und das Hochregallager. Rechts lief die Autobahn auf ihrem Damm, links sah man die roten Dächer des Neubaugebietes, und etwas abseits lag der Hügel der Müllkippe, dessen Spitze den höchsten Punkt in der weiteren Umgebung markierte. Niemand von uns dachte daran, dass der Abfallberg das Erste sein würde, was wir in einer Woche, einem Monat oder zum nächsten Semesterende auf der Fahrt nach Hause von unserer Stadt sehen würden. In diesem Moment war es für uns ein endgültiger Abschied. Ab jetzt verbanden wir mit dem Begriff der Provinz nicht nur die geographische Randlage unserer Kindheit und Jugend, sondern einen ganzen Lebensentwurf, den wir für immer hinter uns lassen wollten.

»Bitte verlassen Sie diesen Raum so, wie Sie ihn vorfinden möchten.« Der Hinweis, der an der Tür der Zugtoilette zu lesen war, nahm unsere Rückkehr bereits vorweg. Wann immer wir in den nächsten Jahren als Besucher anreisten, vergewisserten wir uns zunächst, dass sich nichts oder nur wenig getan hatte und wir die Provinz so vorfanden, wie wir sie in Erinnerung hatten. Es war ein erhebendes Gefühl, in dem nur wir allein schwelgen konnten. In Zukunft sollte die langweiligste Landschaft der Welt als Beleg dafür dienen, wie sehr wir selbst uns verändert hatten.

HEIMATKUNDE: OSTDEUTSCHLAND

Ende der achtziger Jahre war der Wandel von der alten zur neuen Provinz in der Bundesrepublik Deutschland abgeschlossen. Sah man einmal von den Bausünden rund um die bedeutungslos gewordenen Bahnhöfe und das eine oder andere etwas unschön geratene Einkaufszentrum ab, war die Welt der Dörfer und Kleinstädte hell und freundlich geworden. Inzwischen war die Luft auf dem Lande wirklich besser als anderswo. In den Neubaugebieten wurden Niedrigenergiehäuser von Solarzellen mit umweltfreundlichem Strom versorgt, die Behörden überwachten mit strengem Blick die Entsorgung des Mülls, und Felder und Weiden, die früher großzügig mit Kunstdünger bestreut und mit Pestiziden getränkt worden waren, wurden jetzt nach ökologischen Standards bewirtschaftet. Die alten Dorfkerne standen unter Denkmalschutz, und auch mit der Einrichtung von Fußgängerzonen, die man zehn Jahre zuvor noch mit Begeisterung als Breschen in die Kleinstädte geschlagen hatte, war man inzwischen vorsichtiger.

Gleichzeitig war es schwerer geworden, sich zu langweilen. Beinahe jedes Dorf hatte nun sein Jugendzentrum, das Freizeitangebot zwischen Sportvereinen und

Kreativ-Workshops, Volkshochschulen und anderen Bildungseinrichtungen war stetig gewachsen. Multiplexe, Fitness-Studios und Wellness-Center erfüllten die Ansprüche der jüngeren Freizeitgeneration. Ein- oder zweimal im Jahr fuhr man in den Urlaub, während die Nachbarn sich in der Zeit um den Garten kümmerten, und um den Kindern später einmal einen schnellen Start ins eigene Leben zu ermöglichen, legte man ihnen neben einem Sparbuch so früh wie möglich einen Bausparvertrag an.

Zukunft statt Vergangenheit: Immer wieder hatte sich die Provinz dem Vorwurf ausgesetzt, ein Rückzugsgebiet der ewig Gestrigen zu sein. Inzwischen waren die Altnazis zum größten Teil ausgestorben, und wenn der ländliche Raum noch ein Reservat war, dann höchstens für die ehemaligen Kommunarden, die sich nach dem Scheitern ihrer revolutionären Vorhaben in den Siebzigern aus Berlin, Frankfurt oder München aufs Land geflüchtet hatten, wo sie auf halb verfallenen Bauernhöfen in aller Ruhe mit Drogen und makrobiotischen Diäten experimentierten, schließlich eine Familie gründeten und einen Naturkostladen eröffneten.

Derweil hatten sich die gemäßigteren Achtundsechziger auch auf dem Land fest in den Lehrerzimmern und Lokalzeitungsredaktionen, Kommunalparlamenten und Kirchenbüros eingerichtet. Nach vielen dunklen Jahrzehnten waren die Dörfer und Kleinstädte damit endgültig im hellen Zeitalter der Aufklärung angekommen. Der Geist der Adenauer-Provinz, in der rückständige politische Gesinnung auf Engstirnigkeit und bodenständige Fortschrittsfeindlichkeit traf, hatte sich anscheinend verflüchtigt.

Im Herbst des Jahres 1989 jedoch geriet noch einmal alles in Bewegung. Die Mauer war gefallen, und während die westdeutschen Lokalzeitungen noch von rührseligen Familienzusammenführungen berichteten, besuchten die ersten Reporter der Nachrichtenmagazine die Dörfer und Kleinstädte der sich ihrem Ende zuneigenden DDR.

Sie fanden eine Provinz, wie man sie sich in Westdeutschland schon nicht mehr vorstellen konnte. Halb zerfallene Häuser und kaum befahrbare Straßen riefen bei den Besuchern die Erinnerung an die Nachkriegsjahre hervor. Weltläufigkeit bedeutete hier, dass man an einer Kaffeefahrt mit Heizdeckenverkauf teilnahm und vor den Toren der Kleinstädte die »Monster Truck Show« mit »original US-Fahrzeugen« besuchte. Fliegende Händler zogen über die Dörfer in Sachsen oder Mecklenburg und verhökerten Restware zu Phantasiepreisen, um sich anschließend im Dorfkrug über die Naivität der Landbevölkerung zu amüsieren.

Im Spiegel der westdeutschen Berichterstattung wurden die ostdeutschen Landschaften zur provinziellen Kuriositätensammlung: ein bisschen naiv, ein bisschen spießig. Doch dann verwandelten sich die fünf neuen Bundesländer von einem Tag auf den anderen in ein Gruselkabinett. Nachdem im November 1990 fünfzig Skinheads eine Diskothek in Eberswalde gestürmt und einen Angolaner zu Tode geprügelt hatten, waren die Geister wieder da, von denen man in Westdeutschland geglaubt hatte, man habe sie der Provinz mehr oder weniger erfolgreich ausgetrieben.

Eberswalde, Greifswald und Neuruppin waren nur einige der Orte, mit denen die ostdeutsche Provinzlandschaft von nun an beinahe täglich in den Medien vertreten war. Die Ereignisse, die sich mit diesen Ortsnamen verbanden, schienen alle Vorurteile zu bestätigen, die jemals gegenüber der vermeintlich rückständigen Provinz erhoben worden waren. Skinheads ermordeten Ausländer, verprügelten Behinderte und hetzten Homosexuelle durch die Straßen, während der Rest der Bevölkerung Beifall klatschte. Es dauerte nicht lang, bis der Virus der rechtsradikalen Gewalt auch auf die alten Bundesländer übergriff. 1993 fielen fünf Personen einem Brandanschlag in Solingen zum Opfer. Und nicht selten waren diejenigen, die in der ostdeutschen Provinz die neuen Nazis anführten, gerade erst aus Westdeutschland in den Osten gezogen. Die alte Provinz war wieder da, und sie war finsterer, als man es sich je hatte vorstellen wollen.

Die rechtsradikale Gewalt war das schlimmste, aber bei weitem nicht das einzige Problem, mit dem die ostdeutsche Provinz zu kämpfen hatte. Jenseits der ausgesuchten Wachstumszentren wie Chemnitz oder Leipzig kam es zu Wanderungsbewegungen, wie man sie aus dem neunzehnten Jahrhundert kannte. Die hohe Arbeitslosigkeit führte dazu, dass die Bewohner des ländlichen Raums nach Westdeutschland gingen, und infolge dieser Landflucht verloren nicht nur die Mittelstädte, sondern auch viele Dörfer und Kleinstädte nach der Wende einen großen Teil ihrer Einwohnerschaft. Geisterstädte entstanden, auch wenn man teilweise versuchte, nach guter provinzieller Sitte wenigstens die Fassade einer heilen Welt aufrechtzuerhalten. In der in Mecklenburg-Vorpommern gelegenen Ortschaft Goldberg zum Beispiel, die in kürzester Zeit auf ein Fünftel ihrer bisherigen Größe geschrumpft war, bat man zuletzt die Abwanderer, doch wenigstens die Gardinen in den Fenstern ihrer Häuser hängen zu lassen.

Nur wenige konnten dieser Wüste einen Reiz abgewinnen, und Peter Richter spottete in der FAZ über die westdeutschen Wendetouristen, die in den großzügig über das Land verstreuten Neubausiedlungen eine »schwermütig-idyllische Erinnerungslandschaft« und eine »Region voller erahnter Kindheitsmuster« finden wollte. Jenseits solcher melancholischer Blickweisen war nicht zu übersehen, dass die ostdeutsche Provinz, die doch eine »blühende Landschaft« hatte werden sollen, sich als reichlich heruntergekommener Vorgarten präsentierte. Hier blühten nur die Satellitenschüsseln.

Der Traum, mit einer Mischung aus staatlicher Hilfe und Eigeninitiative auf das Niveau der westdeutschen Provinz zu kommen, war zum Scheitern verurteilt. Die Fördermittel des Bundes liefen aus, die Hoffnungen auf die Belebung der einheimischen Wirtschaft durch den Tourismus zerschlugen sich oftmals, die Flächen der nach der Wende eilig überall ausgewiesenen Gewerbegebiete wurden nicht verkauft. Ostdeutschland war in weiten Teilen öde, unheimlich und – wenn man eine andere Hautfarbe hatte oder ansonsten nicht der Norm entsprach – lebensgefährlich.

»Es gibt Momente, in denen sich der Osten als Avantgarde zeigt, als Vorbote eines neuen Alltags«, fasste der Journalist Helmut Böttiger 1996 seine Beobachtungen zusammen, die er in den östlichen Bezirken Berlins gemacht hatte. Diesen Eindruck konnte man auch außerhalb der neuen Hauptstadt gewinnen. Die Dörfer und Kleinstädte Ostdeutschlands waren mehr als nur das Zerrbild der alten Provinz, sie waren zugleich die Karikatur der neuen Provinz.

Hier lief in wenigen Jahren ein Transformationsprozess ab, der in Westdeutschland Jahrzehnte gedauert hatte. So konnte in Ostdeutschland das zweite, weniger ansehnliche Gesicht der Provinz deutlich hervortreten. Auf der weiten Fläche zwischen den entkernten Mittelstädten wuchsen von heute auf morgen gigantische Einkaufszentren aus dem Boden, die wie Mondbasen in der öden Landschaft stehen. Dort, wo früher Kirchtürme das nächste Dorf anzeigten, bildeten jetzt die Esso-Shops und Aral-Stationen die spirituellen Zentren des Provinzlebens. Zusammen mit den ebenfalls nach der Wende großzügig angelegten Parkplätzen waren die Tankstellen zur Hauptanlaufstelle der motorisierten Jugendlichen geworden. Wer hier kein Auto hatte, war wirklich arm dran.

In Ostdeutschland konnte man einen Vorgeschmack auf die Zeit bekommen, in der auch die westdeutsche Provinz ihren Glanz verlieren würde: eine Zeit, in der die von der Erbengeneration verschmähten Einfamilienhäuser genauso wie die nach den Ehescheidungen zu groß und zu teuer gewordenen Eigenheime verfallen würden, in der für Sicherheit nicht mehr die Sparkasse, sondern ein privater Wachdienst zuständig sein würde und in der ein provinzielles Freizeit-Proletariat zwischen seinen Schichten in den dezentral gelegenen Call-Centern mit den Bussen der lokalen Reiseunternehmer von einem Event zum nächsten gekarrt würde.

Während man in den neunziger Jahren versuchte, die Albträume wieder auf die andere Seite der ehemaligen innerdeutschen Grenze zurückzuzwingen und sich lauthals über die letzten Schreckensnachrichten aus Markkleeberg oder Oschersleben entsetzte, wuchs in der wiedervereinigten Bundesrepublik die Sehnsucht nach einem neuen Gründungsmythos. Auf Wiedersehen, Randlage: Im Westen wie im Osten wandten sich die Blicke der Stadt Berlin zu, die sich wie das neue Jerusalem am Horizont erhob. Hier wollte sich das wiedervereinigte Deutschland von den langen Jahren in der Provinz erholen.

DAS REVIVAL DER GROSSSTADT

Die neunziger Jahre galten als das Jahrzehnt der Revivals. Neben der Musik und der Mode der Sixties und Seventies lebte damals auch ein beinahe in Vergessenheit geratenes Phänomen namens Urbanismus wieder auf. Im Anschluss an den Mauerfall und die Wiedervereinigung entdeckte Deutschland erneut seine Liebe zur Großstadt. Von einem Tag auf den anderen waren alle Augen auf Berlin gerichtet.

Plötzlich erinnerte man sich wieder an die verfassungsrechtliche Konstruktion, mit der sich die alte Bundesrepublik in ihren Gründertagen die Option offen gehalten hatte, sich eines Tages von ihrer provinziellen Hauptstadt Bonn zu verabschieden. »Die leitenden Bundesorgane verlegen ihren Sitz in die Hauptstadt Berlin, sobald allgemeine, freie, gleiche und direkte Wahlen in Berlin und in der Sowjetischen Besatzungszone durchgeführt sind«, hatte der Bundestag im November 1949 entschieden.

In den folgenden Jahrzehnten war die Gewissheit immer größer geworden, dass diese Art von Wahlen im Osten Deutschlands niemals stattfinden würden. Also richtete man sich in Bonn ein – mal mehr, mal weniger gerne. Konrad Adenauer wollte aus dem

Rheinstädtchen die »schönste Hauptstadt Europas« machen, während Helmut Schmidt später über die »verkrüppelte Ansammlung von Dörfern« schimpfte und Bonn in einer architektonischen Gewaltanstrengung lieber zur modernsten Hauptstadt Europas machen wollte. Der Westteil Berlins dagegen verwandelte sich in der langen Nachkriegszeit in ein »Museum der Metropole«, wie es der Architekturkritiker Gerwin Zohlen genannt hat: in einen Ort, an dem es kein modernes Großstadtleben gab, sondern nur die Erinnerung an die urbane Kultur vergangener Zeiten wach gehalten wurde.

Doch dann fanden im Dezember des Jahres 1990 auf dem Gebiet der ehemaligen sowjetischen Besatzungszone tatsächlich die vor langer Zeit beschworenen Wahlen nach demokratischen Spielregeln statt. Nun konnte die großstädtische Rückversicherung, die der Bundestag gut vierzig Jahre zuvor an seinen Bonn-Beschluss angehängt hatte, doch noch zum Einsatz kommen. Berlin, so forderte eine ganze Schar von Politikern und Publizisten, solle Regierungssitz und Hauptstadt des wiedervereinigten Deutschlands werden.

So wurde kurz nach dem Mauerfall noch einmal in aller Öffentlichkeit der Kampf zwischen Großstadt und Provinz ausgetragen. Die Argumente waren zu Zeiten der alten Bundesrepublik in zahlreichen Scheingefechten erprobt worden. Auf der Seite Bonns appellierte man wie eh und je an den provinziellen Gründergeist der Bundesrepublik, der in Westdeutschland nach dem Zweiten Weltkrieg einen friedlichen Neuanfang ermöglicht habe. Berlin, hieß es, sei ein Symbol für das verbrecherische Großmachtstreben des Deutschen Reiches geworden und habe sich als Sitz des SED-Regimes ebenfalls nicht mit Ruhm bekleckert – das wiedervereinigte Deutschland solle sich besser in aller Bescheidenheit an seine überschaubare Hauptstadt am westlichen Rand der Republik halten. Außerdem dürfe man das erprobte System der dezentralen Entscheidungsstrukturen nicht durch einen Hauptstadtkoloss mit über vier Millionen Einwohnern gefährden. Bekanntlich sei der Föderalismus über die Politik hinaus tief in der deutschen Kultur und Geistesgeschichte verankert. Wenn überhaupt, so erklärte ein Abgeordneter schließlich, sei Deutschland ein Staat mit nicht einer, sondern gleich mehreren Metropolen. Welche Städte er damit neben Berlin meinte, ließ der Redner offen. Im Sitzungsprotokoll wurde hinter seinem Namen auch sein Wahlkreis vermerkt. Er kam aus Unna.

Auf der anderen Seite entluden sich derweil die Vorurteile gegenüber der Bonner Republik, die sich in der langen Nachkriegszeit angesammelt hatten. In der provisorischen Hauptstadt würden sich Rechnungshofmentalität und provinzielle Kleingeistigkeit vereinen, erklärten die Berlin-Befürworter. Die Bonner Politiker seien nichts anderes als die Repräsentanten einer satten, selbstzufriedenen und pflichtvergessenen Gesellschaft, deren Angehörige es sich in ihren Eigenheimen gemütlich gemacht hätten und von den ungemütlicheren Auswirkungen der Moderne lieber nichts wissen wollten.

Das entscheidende Argument der Berlin-Fraktion jedoch schloss das provinzielle Ressentiment gegenüber der Großstadt ein: Die wiedervereinigte Stadt habe ihre alten Aufgaben verloren. Berlin sei nicht länger die Hauptstadt der DDR und auch nicht mehr Mauerstadt und Symbol der deutschen Teilung. Also müsse man dem ruhelosen Koloss, so wurde listig argumentiert, etwas zu tun geben und Berlin zum Mittelpunkt der neuen Republik machen.

Im Jahre 1991 stimmte der Bundestag für die Verlegung von Regierung und Parlament. Die Bedenken waren bald vergessen. Berlin war mehr als nur eine neue alte Hauptstadt, sondern verwandelte sich in den neunziger Jahren zur Projektionsfläche für alle möglichen urbanen Phantasien, die man in der westdeutschen Provinz jahrzehntelang verdrängt hatte. Plötzlich wollte man in der aus der Geschichte herausragenden Stadt Berlin und nicht im bescheidenen Bonn die »Normalität« erkennen, der sich die Bundesrepublik angesichts der deutschen Geschichte stets verweigert hatte. In der wiedervereinigten Stadt ließ sich mit der Frage der Vergangenheitsbewältigung leichter umgehen als jemals zuvor. Man konnte es sich sogar leisten, mit großzügiger Geste die dreißiger Jahre auch einmal beiseite zu lassen und sehnsüchtige Blicke zurück in die Goldenen Zwanziger zu werfen.

Das war die Zeit, so glaubte man sich zu erinnern, als Deutschland mit der Weltstadt Berlin genau wie Frankreich mit Paris oder Großbritannien mit London einen schillernden Gegenpol zur Provinz besessen habe. Der Wunsch nach der Rückkehr der Metropole führte nicht nur zum Wiederaufbau des Hotels Adlon oder dem Versuch, mit der Friedrichstraße einem ehemaligen Boulevard zu neuem Leben zu verhelfen. Der nostalgische Blick fand im neuen Berlin sogar eine bunt zusammengewürfelte Gemeinschaft aus Russen und Juden, Intellektuellen und Flaneuren, die gemeinsam mit Journalisten, Schriftstellern und Künstlern genau wie in den großen Tagen der alten Stadt die Bars und Cafés bevölkerten.

Die Sehnsucht nach den alten Zeiten war groß. Gleichzeitig jedoch wollte man in Berlin einen Ort der Zukunft sehen. Unmittelbar nach dem Mauerfall verwandelte sich die Stadt in eine einzige Baustelle. Schon bald reisten zahllose Touristen aus der deutschen Provinz nur deshalb nach Berlin, um sich anzusehen, wie auf der Grundlage eines verborgenen Masterplans eine komplett neue Stadt hochgezogen wurde. Baugruben und Kräne verkörperten die Idee einer Metropole, die sich ständig wandeln würde. In der öffentlichen Wahrnehmung wurde Berlin zur Stadt der jugendlichen Existenzgründer, einer Brutstätte für Werber, Webdesigner und andere Kreative, die ihre Büros in den Häusern eröffneten, in denen vor der Instandsetzung illegale Techno-Clubs untergebracht waren.

Das wiedervereinigte Deutschland sah auf Berlin und kam sich jung und dynamisch vor. Herzlich willkommen in der Zukunft. Damit schien der Sieg der Metropole über die Provinz endgültig besiegelt.

In Berlin sollte eine neue Zeit beginnen, darauf konnte man sich einigen. Der Soziologe Heinz Bude wollte in den jungen Menschen, die jetzt in die Hauptstadt kamen, gleich eine »Generation Berlin« erkennen. Statt der resignativen Haltung ihrer großen Brüder oder den revolutionären Attitüden ihrer Eltern verträten ihre Angehörigen eine »Ethik des Machbaren«: ausprobieren, was geht. Die Müden und Verlorenen, die auch das alte Westberlin schon angezogen habe, kämen zwar weiterhin in die Stadt, doch dazu würden sich hier jetzt vor allem die »energischen und hungrigen Typen« versammeln – allesamt Menschen, so Bude, »die sich den Dingen vom Rande nähern«.

Das durfte man gerne wörtlich verstehen. Die Angehörigen der »Generation Berlin« kamen tatsächlich vom Rand in die wiedervereinigte Stadt. Sie stammten zum größten Teil aus den Dörfern und Kleinstädten, aus denen sich auch ihre älteren Geschwister einst Richtung Osten aufgemacht hatten. Der große Erfolg Berlins in den neunziger Jahren war in Wirklichkeit nur ein weiterer Sieg der Provinz.

SIEGERLAND

Einst ging man in die Großstadt, um der Provinz zu entkommen. Unsere älteren Geschwister waren aus ihren Dörfern und Kleinstädten nach Westberlin gezogen, um sich einer engen und bedrückenden Umgebung zu entziehen. Stadtluft machte frei. In Vierteln wie Kreuzberg und Schöneberg begannen sie ein neues Leben, durch zwei Staatsgrenzen und knapp 200 Kilometer Transitstrecke von der bundesrepublikanischen Provinz getrennt. Hier konnten sie unsichtbar werden, und als in den frühen achtziger Jahren die Kameras der Fernsehteams begannen, die Bilder vom Häuserkampf in die aufgeräumten Wohnstuben der Daheimgebliebenen im Sauerland, in Schwaben oder in Ostfriesland zu übertragen, trugen die neustädtischen Krieger ein Palästinensertuch vor dem Gesicht und lösten sich so in der Masse der Vermummten auf. In Westberlin konnte man sich nach Herzenslust prügeln, ohne dass die Eltern einen zur Ordnung riefen.

Unser Leidensdruck war längst nicht so groß. Wir haben die Provinz nicht verlassen, um unsichtbar zu werden, sondern um in aller Öffentlichkeit Großstadt zu spielen. Unsere auf Modernität und Weltoffenheit bedachte Umgebung war uns langweilig geworden.

Wir wollten einfach nur in einer Welt leben, die etwas weniger perfekt war als die, in der wir aufgewachsen waren. In Ostberlin fanden wir Anfang der neunziger Jahre, was wir suchten. Hier konnten wir zwischen den Mietwohnungen mit Außenklo auf halber Treppe und den illegalen Bars und Clubs in den Kellern der Abbruchhäuser den Geist des »Schöner Wohnen« vergessen, der unsere Kindheit und Jugend geprägt hatte.

Wenn unsere Eltern uns besuchten, besichtigten wir widerwillig mit ihnen die Baustellen am Potsdamer Platz oder die neuen Einkaufsquartiere an der Friedrichstraße, um sie anschließend mit Erzählungen von Kohlenöfen, dem Junkie von nebenan und anderen Beweisen unserer neuen Randständigkeit zu unterhalten. Die Mischung aus Unverständnis und leichtem Entsetzen in den Gesichtern unserer Eltern bestätigte uns darin, alles richtig gemacht zu haben. Wir hatten es geschafft. Wir hatten die Provinz hinter uns gelassen und waren zu Städtern geworden.

Wir gefielen uns gut in dieser neuen Rolle. Wir bemerkten nicht, dass der Hintergrund unseres Daseins inmitten der städtischen Ungemütlichkeit nicht die bröckelnden Fronten der Altbauten und die einförmigen Silhouetten der sozialistischen Wohnsilos waren, sondern weiterhin – die Provinz. Ohne die Erinnerung an die sauber verputzten Klinkerfassaden der Neubaugebiete wäre unser neues Leben nur halb so aufregend gewesen. Und ohne das Geld von Mama und Papa, das für unsere Ausbildung angespart worden war und jetzt jeden Monat am Schalter der heimischen Raiffeisenbank oder Sparkasse überwiesen wurde, wäre es auch nicht zu bezahlen gewesen.

Ein schlechtes Gewissen hatten wir deswegen nicht, auch dann nicht, als wir nach einem längeren Studium noch auf Kosten der Eltern eine ganze Reihe von Praktika machten, um mit Kaffeekochen und anderen Tätigkeiten eine Karriere in den neuen Medien zu starten. Schließlich taten wir nichts anderes, als dem Plan zu folgen, den die moderne Provinz mit ihrem Hang zu Mobilität und beruflichem Erfolg für uns vorgesehen hatte.

»Streng dich an. Es geht schließlich um deine Zukunft!« Mit diesen Worten hatten unsere Eltern uns zwischen Nachhilfe, Tennistraining und Musikschule hin- und hergeschickt, um uns für den Wettlauf um das Leben nach der Provinz so fit zu machen wie Boris Becker zu seinen besten Zeiten.

Der Weg ist das Ziel, diese Philosophie hatten wir verinnerlicht. Wir fanden sie wieder, als wir im Kino den Film »Lola rennt« sahen, in dem eine junge Frau immer wieder von Neuem durch die Großstadt lief. Die Schauspielerin, die diesen mehrfachen Stadtmarathon absolvieren musste, hieß Franka Potente. Sie stammte aus dem westfälischen Ort Dülmen, die nächsten Stationen ihres Lebenslaufes waren München und New York.

Die Provinz begleitete uns, und wir versuchten, sie nicht ernst zu nehmen. Wir besuchten darum am liebsten Clubs, in denen Schlagermusik lief – so wie einst am Ende einer langen Nacht in der Dorfdisko immer Marianne Rosenberg aufgelegt wurde. Der Unterschied war, dass aus dem peinlichen Ritual von damals nun ein Trend geworden war.

In den Ausgehvierteln von Berlin eröffneten Geschäfte, in denen man vom Nierentisch über eine rote Kunstledercouch bis hin zum verchromten Standaschenbecher und einer original Sonnenuntergang-Fototapete alles kaufen konnte, um eine ganze Wohnung im Look vergangener Zeiten zu gestalten. So saßen wir in unseren Original-T-Shirts der »Spielervereinigung Süderfehn« aus dem Jahre 1979 in Kneipen, die mit röhrendem Hirsch und Gummibaum als kitschiges Wohnzimmer eingerichtet waren, und erfreuten uns an einem stilistischen Durcheinander verschiedener Elemente. Eines hatten sie allerdings gemeinsam. Sie gehörten zum Lebensgefühl der alten Bundesrepublik oder der untergegangenen DDR. Sie gehörten zum Interieur der Provinz.

Aus der sicheren Entfernung von Zeit und Raum und im Bewusstsein ironischer Distanz machten wir die Provinz der Nierentische und Tupper-Partys zu unserer Heimat, während wir der modernen Provinz, in der wir aufgewachsen waren, keinen Platz in unserem Leben einräumen wollten. Die gesichtslose Landschaft aus modernisierten Kleinstädten und normierten Neubaugebieten bot keine Gelegenheit für nostalgische Besetzungen.

Die neue Provinz holte uns dennoch schneller ein, als wir es erwartet hatten. Um die Jahrtausendwende herum erwachten wir aus unserem großstädtischen Rausch. Der helle Glanz des wiedervereinigten Berlins hatte sich verflüchtigt. Das, was darunter zum Vorschein kam, kannten wir gut. In den Shopping-Malls, die neuerdings auch wieder in den Innenstadtbereichen gebaut wurden, sahen wir die gleichen Schriftzüge wie in den Einkaufsparks auf dem Land: Deichmann, Rossmann und Fielmann, Lidl, real und Aldi. Nachts beleuchteten die Neonreklamen der Videotheken und Sonnenstudios die Straßenzüge. Die Love-Parade, die in Berlin als Selbstdarstellung der städtisch geprägten Techno-Szene entstanden war, hatte sich damals zum zentralen Schützenfest der Nation gewandelt, zu dem ein Großteil der Gäste mit Sonderzügen aus der Provinz gefahren kam. Und auf groß angelegten Demonstrationen und Sternfahrten kämpften sportliche junge Menschen dafür, die Autopisten der Innenstädte in einsame Landstraßen zu verwandeln, auf denen sie ungestört Inlineskates fahren konnten.

Vor hundert Jahren hatte Georg Simmel in seinem Aufsatz »Die Großstädte und das Geistesleben« geschrieben, dass das »bedeutsamste Wesen« der Stadt darin liege, über ihre Grenzen hinaus zu reichen. Sie entstehe »erst aus der Gesamtheit der über ihre Unmittelbarkeit hinausreichenden Wirkungen«. Nun war es die Provinz, deren Wirkungen weit über sich selbst hinausreichten. Im Feuilleton redete man lieber vom globalen Dorf als von Weltstädten, und wenn die neue Mitte zu einer Gala auf den Potsdamer Platz lud, wurde die Schauspielerin, die vor einigen Jahren noch durch Berlin gelaufen war, inzwischen zwar direkt aus Hollywood eingeflogen, doch in ihrem Reisepass stand als Geburtsort immer noch Dülmen.

Der Bundeskanzler kam jetzt aus Hannover. Mit Gerhard Schröder war die familienfreundliche und von historischen Altlasten befreite westdeutsche Provinz ins Berliner Regierungsviertel eingezogen. Auch hier konnte man nun den alle gesellschaftlichen Umbrüche überdauernden Duft nach Holzkohle, Bier und frisch gemähtem Rasen erschnuppern. Die Berliner Republik war die Berliner Provinz. Schröder lieferte Stefan Raab die Zeilen für seinen Grillparty-Hit »Ho mi ma ne Flasche Bier« und lud seine Wirtschaftsberater gerne zusammen mit Deutschlands wichtigsten Unternehmern zu Bratwurst und Kartoffelsalat auf die Terrasse des Kanzleramtes.

Der Sieg der Provinz war ein Sieg auf der ganzen Linie. Er bestimmte sogar die architektonischen Rettungsprogramme, mit denen die Großstadt vor dem Untergang bewahrt werden sollte. In den Vereinigten Staaten war in den achtziger Jahren eine Bewegung unter dem Schlagwort des »New Urbanism« angetreten, um den entleerten Innenstädten der großen Städte ideale Kleinstädte entgegenzusetzen. Mit Orten wie Seaside und Celebration plante man in Florida die perfekte Mischung aus überschaubarer Größe, umfassender Infrastruktur und Naturnähe. Der »neue Urbanismus« war vor allem ein neuer Provinzialismus, mit historisierenden Fassaden und künstlichen Heimatgefühlen.

Als diese Ideen zehn Jahre später in Deutschland diskutiert wurden, fielen sie auf fruchtbaren Boden. Während amerikanische Architekten halfen, den ersten Wohnsiedlungen im Umland von Berlin und Hamburg »städtische« Gesichtszüge zu verleihen, konnte man anderswo die urbanen Erlebnisräume betrachten, die einige Jahre zuvor – ohne theoretischen Überbau – in der Provinz entstanden waren. Die Kleinstädte hatten ihre Fußgängerzonen zu Einkaufsmeilen umgebaut, Shopping-Parks waren auf der grünen Wiese entstanden, und die neuen Kinozentren waren in den ländlichen Regionen zu Freizeittempeln geworden.

Was städtisch aussehen sollte, war bereits typisch provinziell – und umgekehrt. Die Bilder von Stadt und Land legten sich übereinander. Dazwischen blieb wenig Platz. Einst ging man in die Stadt, um der Provinz zu entkommen. Aber wohin soll man gehen, wenn überall Provinz ist?

LAST EXIT PROVINZ

Zuletzt hat es doch noch zu schneien angefangen. Vor dem Fenster des ICE treiben Schneeflocken vorbei, und ein weißer Schleier legt sich langsam auf die Straßen, Felder und Häuser. Es sieht aus wie auf einem Gemälde aus anderen Zeiten. Kurz vor Weihnachten zeigt die Provinz sich noch einmal von ihrer besten Seite, als friedliche, versöhnlich stimmende Landschaft. Wenn morgen früh die ersten Kinder ihre Schneemänner bauen werden, wird das Bild perfekt sein.

Unsere kurze Reise durch die Provinz ist beinahe zu Ende. Einmal müssen wir noch umsteigen, dann können wir in den überheizten Abteilen des Regionalexpresses nach den ersten bekannten Gesichtern Ausschau halten. Eine halbe Stunde später holen unsere Eltern uns wie jedes Mal am Bahnhof ab. Wir fahren mit dem Auto durch die Stadt, in der wir aufgewachsen sind, nicht zu schnell natürlich, denn unter der frischen Schneedecke könnte es glatt sein. Wir lassen den Bahnhof hinter uns, an dem es immer noch genauso trostlos aussieht wie das letzte Mal, als wir hier in einen Zug gestiegen sind, und fahren dann quer durch den Ort, in dem sich auf den ersten Blick nicht viel geändert hat.

Wir fahren an unserer Schule vorbei, sehen von Weitem den Sportplatz und die Tennisanlage und biegen schließlich in die Neubausiedlung ein. Gleich nebenan sind vor kurzem junge Leute eingezogen, und sie haben einen Gartenzwerg vor ihre Haustür gestellt, der mit einem Handy telefoniert. Willkommen zu Hause.

Am nächsten Abend sieht man dann die anderen, das gehört zum Ritual. In einer der Gaststätten mit Saalbetrieb, die wir früher niemals freiwillig betreten hätten, treffen sich jedes Jahr kurz vor Weihnachten die ehemaligen Abiturienten. Es ist eine Art großes Klassentreffen, niemand redet allerdings gern von früher. Wir sehen uns die ersten Kinderfotos an, geben mit unseren Jobs an, und vor allem versuchen wir, all denen aus dem Weg zu gehen, die wir schon damals nicht ausstehen konnten.

Das maßlose Selbstbewusstsein, mit dem wir die Provinz verlassen haben, ist ungebrochen. Ab und zu sehen wir mitleidig zu denjenigen herüber, die immer noch hier in der Gegend wohnen. Sie haben es nicht geschafft. Wir freuen uns darüber, dass sie einen Bierbauch oder eine Dauerwelle haben, und fragen lieber nicht, wo sie arbeiten. Jörg, der gestern Nacht mal wieder nur so zum Spaß im Galaxy war, sagt, dass auch dort die Leute noch genauso furchtbar aussehen wie früher: »Bauerndisko eben.«

Es ist das alte Spiel, das daheim in der vertrauten Umgebung immer noch am besten funktioniert. Wir versuchen uns gegenseitig darin zu bestätigen, dass wir hier, wo wir eigentlich zu Hause sind, nicht hingehören. Für einen Moment haben wir wieder das Gefühl, auf der falschen Seite zu stehen und damit genau richtig zu liegen. Die Provinz, das sind die anderen.

Dabei sind wir längst auf dem Weg zurück. Kerstin, die neuerdings für einen größeren Konzern betriebsinterne Kulturevents organisiert, verbringt mit ihrem Freund ab und zu ein Relax-Wochenende in einem der Wellness-Zentren draußen auf dem Land. Michael, der gestern aus Italien angerufen hat, hat endlich seinen Abschluss in Theaterwissenschaft gemacht, und weil es mit einem Job nicht einfach ist, überlegt er ernsthaft, sich in einer der kleineren westdeutschen Städte nach einer Stelle umzusehen. Steffi verbringt ihre Urlaube in Südamerika und Asien, aber insgeheim träumt sie von einem Leben auf dem Land, mit einem Golden Retriever und einer Schar von Kindern.

Jörg, der sich schon vor einiger Zeit in Berlin mit einer Internetfirma selbstständig gemacht hat, muss neuerdings immer mehr Auftraggeber in Süddeutschland besuchen. Jetzt überlegt er, ob er sich nicht ein Haus im Umland zulegen soll, weil es von dort mit dem Auto zum Flughafen schneller geht als von der Stadt aus. Und sogar Matthias, der früher davon träumte, in der Anonymität des Großstadtlebens unterzugehen, hat gelernt, die kleinen Verhältnisse zu schätzen. Er lebt in seinem Bezirk wie auf dem Dorf und geht nur noch in die Kneipen, in denen er auf jeden Fall ein paar Bekannte trifft.

Die Provinz, das sind wir. Und wir sind noch nicht einmal richtig angekommen. In ein paar Jahren werden wir in einer der neuen Dienstleistungsstädte arbeiten, die auf dem flachen Land verkehrsgünstig zwischen Autobahn und Datenhighway entstehen. Unsere Privatanschrift wird aus einer E-Mail-Adresse und einer Mobilfunknummer bestehen, und wenn wir abends zurück in unsere umzäunten Wohnsiedlungen fahren, die nach amerikanischem Vorbild angelegt worden sind, wird uns gar nicht mehr auffallen, dass die Häuser hier alle gleich aussehen.

Wir werden in immer größeren Shopping-Malls einkaufen und unsere Freizeit in überdachten Naherholungsgebieten und Themenparks mit urbanem Flair verbringen. Endlich wird die Provinz, in der wir aufgewachsen sind, all ihre Versprechen einlösen. Wir werden in der idealen Welt leben, obwohl es auch hier nicht überall zum Besten steht. Bei unseren Fahrten durch die Provinz werden wir aus dem Auto oder dem Zug zwischen den Siedlungen und Gewerbegebieten verlassene Dörfer und Kleinstädte sehen. Wir werden beobachten, wie die ersten Wohnwagensiedlungen entstehen, in denen das neue ländliche Proletariat seine bewegliche Heimat finden wird, und wir werden in den Erlebnisgaststätten auf Menschen treffen, mit denen wir nichts gemeinsam erleben möchten.

Erst dadurch wird unser Leben wirklich perfekt. Wir werden uns genauso wie damals an einem Samstagabend im Galaxy in der Illusion wiegen, dabei sein zu können, ohne dazuzugehören. Mit diesem Gefühl wird es sich hier ganz gut leben lassen. Man könnte es Heimat nennen.

Das vorweihnachtliche Treffen ist zu Ende. Es ist spät geworden. Wir gehen zurück in die Neubausiedlung, zu den Häusern unserer Eltern. Die Jalousien sind längst heruntergelassen, die Kiefern und Tannen in den Vorgärten sind mit Lichterketten geschmückt. Die Straßenbeleuchtung ist eingeschaltet, der Himmel leuchtet orangefarben. Es schneit noch immer, und die Fußspuren, die wir hinterlassen, sind schon nach kurzer Zeit nicht mehr zu erkennen. Früher hatte man uns immer verboten, bei Frost durch den Vorgarten zu laufen, weil man die Abdrücke im Rasen sonst das ganze Jahr über sehen würde. Heute können wir uns Schlimmeres vorstellen.

In zwei oder drei Tagen werden wir uns wieder zum Bahnhof bringen lassen und erleichtert zurück in die Stadt fahren. Last Exit Provinz. Noch einmal werden wir das andere Gefühl genießen, das nur wir kennen. Es ist das Gefühl, dass man einfach nur in einen Zug steigen muss, um mit dem Leben anzufangen.